그 남자의 사랑

'한 여자, 두 남자'

그 남자의 사랑

발행일	2021년 11월 1일
지은이	백대현
펴낸곳	정기획(Since 1996)
출판등록	2010년 8월 25일(제2012-000003호)
주소	경기도 시흥시 서촌상가4길 14
전화번호	(031)498-8085
팩스번호	(031)498-8084
이메일	cad96@chol.com
블로그	http://blog.daum.net/cad96

편집/제작	(주)북랩

ISBN   979-11-971771-2-5 03800 (종이책)   979-11-971771-3-2 05800 (전자책)

백대현 장편소설

그 남자의 사랑

한 여자, 두 남자

정기획

주요 등장인물은 세 명이다. 주인공 동민과 은희, 성혁이다.

동민은 평범한 한 가정의 가장이었다. 어느 날 갑자기 아내가 심장마비로 죽었다. 그 충격에, 칠 일 동안 전국을 한 바퀴 돌고 아내 뒤를 따라 죽겠다는 자살 계획을 세웠다. 떠나기 전에 모든 재산을 정리해서 하나밖에 없는 딸에게 돌려놓고 처제에게 딸을 맡겼다.

은희는 결혼한 지 3년이 넘도록 아이가 생기지 않았다. 원인이 밝혀지기 전까지 시어머니와 남편에게 핍박을 받았다. 후에 남편에게 병이 있다는 것을 알게 되었다. 자신은 둘만의 사랑만 있으면 상관없다고 했지만 남편은 그 충격을 이겨내지 못하고 몸과 마음이 한없이 피폐해졌다. 둘은 끝내 회복하지 못하고 이혼했다.

성혁은 소규모 유통업체를 운영하는 자영업자다. 회사의 일방적인 권고퇴직으로 자기 의지와 상관없이 창업했다. 그러나 초창기 회사 운영에 절대적 힘을 주었던 직전 회사의 사장이 죽고 그의 아들이 취임하면서 일거리가 급격하게 줄었다. 그는 경제적으로 어려움에 처했지만 고뇌와 번민할 뿐 어떤 행동도 하지 않았다.

이 소설은 동민의 딸 혜지가 방학을 이용해 아빠를 만나기 위해 입국하면서 시작된다. 엄마가 죽고 아빠에 의해 일방적으로 이모에게 맡겨지고 스무 살 성인이 되어서 돌아온 것이다. 그리고 어릴 적에 자기 의지도 묻지 않고 일방적으로 호주로 보낸 아빠를 원망하면서 그 이유를 묻는다. 딸의 질문에 대한 답이 전체적인 소설 내용이다.

동민은 아내 죽음 앞에서 정신이 없었다. 자기도 당연히 따라 죽어야 한다고 생각했다. 마지막 일주일 동안 자신의 생을 정리할 목적으로 자살여행을 떠났다.

여행 삼 일째, 우연히 한 여자를 만났다. 그녀와 이야기를 나누면서 인간의 태어남과 죽음 사이에 사랑의 중요성과 필요성을 깨닫는다. 또한 누군가를 만나 사랑하게 되는 것은 인간의 자유 의지라기보단 신의 계획과 섭리라는 것을 알고 자살을 포기했다. 그 후 새 인생을 살기 위해 한적한 곳에 있던 카페를 인수해서 지난 슬픔은 잊고 새 희망을 꿈꾸며 새로운 환경에 적응해 나갔다.

그러던 어느 날, 또래 남성이 카페 손님으로 왔다. 둘은 칵테일을 놓고 주거니 받거니 하면서 각자의 회환과 현재 상황을 나눈다.

손님은 남의 탓만 하고 스스로의 삶을 개척하지 못할 때 한 여자를 만나 사랑하면서 그 힘과 용기로 자신의 길을 열어 가는 중이라고 했다. 동민도 자살을 결심했다가 한 여자에게 들은 이야기로 새로운 인생을 살고 있다고 했다.

이 소설을 쓰게 된 동기는 두 가지다.

하나는, 프랑스 화가 폴 고갱(Paul Gauguin, 1848~1903)의 〈우리는 어디서 왔는가 우리는 누구인가 우리는 어디로 가는가(Where Do We Come From, What Are We, Where Are We Going)〉란 그림이다. 이 그림은 매우 철학적, 종교적 의미가 담겨 있다. 딸의 죽음과 자신의 질병으로 고생하던 고갱이 자살하려고 할 때 그를 구한 건 '그림'이었다. 이 그림 때문에 다시 살겠다는 마음을 먹었다. 이 그림은 탄생에서 시작해서 죽음으로 이야기가 전개된다. 오른쪽에 어린이와 세 명의 여인, 중앙에 열매를 따는 젊은이, 왼쪽에 죽음을 기다리는 여인 등이 있다. 중앙에서 열매를 따는 젊은이는, '인간이란 무엇인가? 인간이란 어떻게 살아야 하는가? 나는 누구인가' 등을 사색하게 하고 이 땅의 인간에게 인생의 화두를 던진 그림이다.

또 하나는, 팝송 스모키(Smokie)의 〈리빙 넥스트 도어 투 앨리스(Living Next Door To Alice)〉란 곡이다. 이 노래 속에는 한 명의 남자와 두 명의 여자가 등장한다. 남자는 오랜 시간 옆집에 사는 여자를 사랑했다. 이 여성에게 오매불망 사랑을 고백할 기회를 찾았다. 그러던 어느 날, 이 여자가 떠나버린다. 더 안타까운 건, 그 남자를 같은 시간 동안 먼발치에서 사랑했던 또 다른 여자다. 남자가 좋아했던 여자가 사라지면 그 남자의 사랑은 자신의 몫이라고 여겼다. 그러나 남자의 마음은 흔들리지 않았다.

이 소설은, 주인공과 두 명의 남녀가 그림 속의 화가가 전하려는 인간의 삶과 가수가 노래 가사로 전하고 있는 사랑 이야기를 대화 속에서 풀어 가며 그 의문에 대한 답을 찾아가는 내용이다.

인간은 죽을 때까지 삶의 문제에서 자유로울 수 없다. 죽고 사는 문제만이 아니라 사는 동안 일어나는 우울증, 조울증, 조현증, 공황장애, 망상장애 등 정신적·정서적 문제나 뇌출혈, 심장마비, 대장암과 같은 육신의 질병 문제 또 사별, 이혼, 부도, 폭력을 포함한 사회적·환경적 문제 등 이런 인간의 모든 문제를 이 소설에서 짧게 언급하고 있다.

인간의 모든 문제, 내 눈앞에 닥친 현실 문제는 나만의 문제가 아니라 인간의 본질적인 문제이기 때문에 그 어느 누구나 문제 앞에서 예외가 될 수 없다. 그 전제를 받아들이고 오직 신이 주신 무한한 사랑을 깨닫게 될 때 해결된다. '죽음을 앞두고도 노래할 수 있다. 이혼 후에도 새로운 사람을 만나게 된다. 부도를 맞았다 해도 소망을 갖게 된다. 물질은 목적이 아닌 수단이라는 것을 알게 된다. 세월 앞에 육신의 질병과 노쇠는 도리가 없다. 남을 비판하거나 정죄하면 곧 내게 부메랑이 되어 돌아온다.' 내 영혼의 피폐를 방지하는 것은 오직 사랑뿐이라는 것을 이해하게 된다는 것이다.

스무 살 혜지는, 아버지를 통해 그걸 깨닫고 핑크색 풍선의 마음으로 비행기를 탔다. "아빠, 사랑해!" 하면서…….

2021. 일터에서 백대현

목차

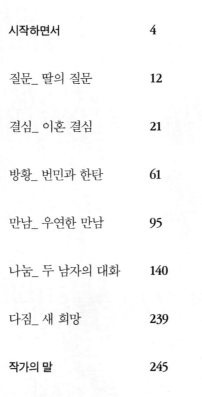

그 남자의 사랑

딸의 질문

'드르륵 드르륵…….'

카운터 위에 놓아 둔 핸드폰 진동소리다. 달려가 케이스를 열고 통화버튼을 옆으로 밀자 혜지가 방긋 웃으며 손을 흔든다.

"아빠, 나야!"

"혜지구나?"

"아빠, 나 한국에 들어왔어. 여기 공항이야, 이모랑 얼른 갈게!"

이젠 어엿한 스무 살 숙녀다. 목소리만으로도 삶의 기운을 백 프로 상승시키는 보약 중의 보약이다. 대학 입학한다고 전화 받았던 게 엊그제인데 벌써 겨울방학이라고 호주에서 나왔다.

보약 기운은 즉시 나타났다. 히죽히죽 웃는다. 어젯밤, 소주 2병에 캔맥주 2개를 섞어 마셔선지 머리가 깨질 듯 아프고 천근만근 이었던 몸이 깃털처럼 가벼워졌다. 얼른 진공청소기로 구석구석 청소하기 시작했다. 세상 누구보다 귀한 딸이 오는데 먼지 하나라 도 있으면 안 된다. 커 가는 딸을 영상통화로는 수시로 봤지만 그 날 이후 실제 보는 건 4년 만이다.

창틈으로 들어온 바람 때문에 흔들리고 있는 커튼을 좌우로 묶 었다. 홀 중앙에 있는 난로 속 연탄을 확인하려고 집게를 찾았다. 21세기가 시작된 지가 언젠데 아직도 연탄으로 내부 열기를 낸다. 가스나 전기로 된 난로로 바꾸려고 몇 번 고민했지만 카페 분위기 를 고려했다. 뭐니 뭐니 해도 연탄난로만의 매력을 쉽게 버릴 수 없다. 뚜껑을 열자, 시뻘게진 연탄의 화기가 얼굴에 훅하고 올라왔 다. 놀라서 얼굴을 갑자기 돌리느라 다리가 휘청하며 하마터면 넘 어질 뻔했다.

냉동고를 열고 조각얼음을 검정 비닐봉지에 담았다. 화끈거리는 얼굴에 대니 시원했다. 왼손으로 얼굴을 문지르면서 오른손으로 CD를 꺼냈다. 이 또한 현 세상보다 느린 템포다. 유튜브(youtube) 만 로그인하면 각종 장르를 골라서 들을 수 있다. 그런 편리함을 뒤로 하고 아직도 CD를 구입해서 음악을 듣는다. 평소 자주 듣는 스모키의 '리빙 넥스트 도어 투 앨리스' 멜로디가 카페 내부 공기를 환기해 주었다.

숙취 때문인지 열심히 걸레질한 덕분인지 팔과 다리 힘이 금방 빠졌다. 잠시 쉬었다 하려고 의자 하나를 당겨 난로 옆에 앉았다. 나이에 5자가 들어가고부터는 체력 떨어지는 속도가 돌멩이가 비탈길을 굴러가는 속도와 같다. 아내와 꼭 닮은 딸 앞에서 씩씩하게 사는 아빠의 모습을 보여야 한다. 앉은 자리에서 두 주먹을 불끈 쥐었다. '딸표 자양제' 덕분에 통증이 사라진 머리는 금방 변해서 어리석었던 그날로 돌아갔다.

아내는 갑작스럽게 죽기 한 달 전부터 평소와 다른 얼굴이었다.

퇴근길, 빨간 신호등에 걸려 정차했다. 왼쪽 차선 승용차에서 아내가 다른 남자와 이야기 나누는 장면을 목격했다. 아내는 옆 차를 의식하지 않고 손바닥으로 입을 막으면서까지 웃고 있었다. 남자가 누구고 어떤 이야기를 나누는 건지 중요하지 않았다. 이 시간에 다른 남자의 차에 동승한 게 이상했다. 순간의 분노와 화는 머리가 아찔할 정도였다. 뛰어가 차 문을 열고 남자의 멱살을 잡거나 아내를 끌어당기고 싶었다. 그러나 아무리 화가 치밀어도 자초지종을 묻고 다음 행동을 해야겠다고 생각했다.

씻고 소파에 앉을 때까지 아내는 들어오지 않았다. 저녁 생각도 나지 않았다. 분명히 차를 주차할 때는 배가 고팠다. 사람이 급박한 상황에 집중하다 보면 배고픔도 잊을 수 있다는 것을 이제야 알았다. 아내가 들어오면 어떻게 말을 꺼낼지 시나리오도 짜야 했다. 아내는 세무사사무소에서 팀장으로 근무한다. 워낙 논리적인 사람이라 어설프게 대응하면 뼈도 못 추린다. 말로는 절대 이기지 못한다. 얼굴도 웃는 상이 아니고 좀 굳어 있는 편이다. 그랬던 사람이 어떤 일로 그토록 밝은 미소를 지었는지 궁금했다.

옆에 있던 TV 리모컨을 발가락으로 집었다. 전원을 누르자 뉴스가 나오고 남녀 앵커가 마주보고 웃으며 이야기를 나누고 있다. 남녀 앵커의 얼굴에 그 남성과 아내의 얼굴이 겹쳤다. 분노와 화는 모든 게 짜증으로 연결됐다. 리모컨의 화살표를 눌렀다. 건강음료 광고였다. 전직 천하장사가 러시아산 녹용과 6년산 홍삼, 국내산 산삼 배양근, 그리고 차가버섯을 적절하게 혼합한 보약이니 이것을 먹으면 아내에게 사랑받는다고 반복했다. 웃겼다. 다른 남자 앞에서 히히거리는 여자에게 사랑받거나 또는 사랑할 이유가 없다고 생각했다.

+ + +

"아빠!"

아내가 환생했다. 어쩜 20대 중반 때 아내와 머리부터 발끝까지 똑같을 수 있을까. 키도 몸매도 거짓말처럼 똑같다. 딸 뒤에 처제만 없었다면 뛰어가 벼락같이 안고 어디 갔다 이제 왔냐고 큰소리치고 싶을 정도였다.

생각이 끝나기도 전에 딸이 달려와 안겼다. 나이가 스물인데도 아빠에게 하는 건 아직도 일곱 살짜리 애콧덩어리다. 딸을 포옹한 이 초가 십 년을 안고 있는 것처럼 길어서 회환에 잠겼다. 딸의 등을 서너 차례 토닥토닥했다.

"형부는 딸만 보이나 봐요?"

"아아, 미안. 오느냐고 힘들었지. 어서 와 처제."

처제가 혼자 사는 형부를 위한답시고 시내에서 먹을거리를 잔뜩 사 갖고 왔다. 테이블 두 개를 붙이고 싸 온 음식과 요리를 꺼내 풀었다. 진수성찬이다. 비록 식당에서 사 온 것이라 해도 얼마 만에 보는 맛깔스런 음식과 요리인가.

"처제, 뭘 이리 많이 사 왔어?"

"많긴요. 세 명이 넬모레까지 먹어야 하고, 저기 있는 건 요리재료예요. 별거 없어요."

보기만 해도 배가 부를 정도다. 모둠 회, 해삼, 멍게, 오징어 등

해산물에 족발, 보쌈이 있고 사과, 바나나, 파프리카도 있다. 회 한 조각을 젓가락으로 집기도 전에 딸은 호주에서 있었던 이야기와 학교 생활을 미주알고주알 풀기 시작했다. 엄마 없이 저리도 쾌활하게 커서 얼마나 대견스러운지 말로 표현할 수 없을 만큼 기뻤다. 옆에서 딸이 하는 말을 하나도 빠짐없이 추임새하며 응원하는 처제도 감사했다. 딸 덕분에 오랜만에 아주 즐겁고 시원하게 웃었다.

주로 혜지가 말하고 둘은 장단을 맞춰 가며 밤 12시가 막 넘을 때까지는 화기애애했다. 딸은 맥주를 꽤 잘 마셨다. 아무리 아빠지만 다 큰 성인이 마시는 걸 막을 수 없었다. 자신도 처제와 소주잔을 주거니 받거니 몇 번을 했는지 모를 정도로 마셨다. 어제 두 병이나 마신 술이 오늘도 이렇게 술술 잘 들어갈지 몰랐다. 아마도 기분이 좋아서일 거다. 시간이 얼마나 흘렀을까. 그토록 명랑하던 딸이 서서히 힘이 떨어지는지 허리를 숙이고 표정도 시무룩해졌다.

"혜지야, 왜 그래 또?"

처제가 딸의 오른 팔등을 만지며 말했다. 아무리 취했어도, 딸과 처제만의 공유가 있고 '또'라는 말은 전에도 이와 비슷한 상황이 있었다는 뜻이다. 취한 상태인데도 긴장감은 숨길 수 없었다.

"아빠……."

자기가 느낀 긴장감은 동물적 직감이었고 딱 맞았다. 그토록 활달했던 딸이 나지막하게 불렀다. 딸의 볼그스레해진 볼을 보면서 눈으로 답했다.

"아빠, 엄마 보고 싶어……."

스무 살 딸은 눈물이 두 뺨을 흐르고 있었다. 가슴이 철렁했다. 엄마가 보고 싶어서 울고 있다. 나이가 오십인 자신도 이렇게 아프고 슬픈데 어린아이가 얼마나 힘들었을까 생각하니 가슴이 미어지기 시작했다. 어떻게 달래 줘야 할지 머리가 아프다.

"아빠, 엄마가 갑자기 죽은 이유가 뭐야? 건강했던 엄마가 왜 죽은 거야?"

어떻게 대답해야 할까. 취한 머리는 더 어지러웠다.

"혜지야, 이모가 몇 번 말했잖아. 사람이 죽는 걸 누가 알겠니? 누구든지 갑자기 어느 순간에 가는 게 인간의 목숨이라고 했잖아. 아빠도 엄마 가고 나서 많이 힘들어 하신 거 너도 다 알잖아. 혜지야, 우리 즐거운 이야기만 하자. 응?"

딸을 달래 주는 처제가 고맙고 또 고마웠다. 자신인들 뭔 이야기를 해 줄 수 있을까. 그저 세월이 흐르면 잊힐 거라고 생각했는데. 딸은 아직 그대로다. 사실 자신도 마찬가지다.

"아빠, 아직도 힘들어? 얘기 들었어. 엄마 돌아가시고 아빠 힘들어서 엄마 따라가려다가 맘 바꾼 거. 왜 그랬어? 나 놔두고 아빠 그렇게 가면 난 어떡하라고, 흑흑흑……."

딸이 많이 취했다. 예쁜 음성에 날카로운 칼이 숨겨져 있었다. '엄마의 죽음도 서러운데 아빠까지 한꺼번에 죽었으면 나는 어떻게 살라고!'라는 원망이었다.

술이 취해서인지 딸의 갑작스런 울음 때문인지 정신이 나간 듯했다. 눈앞에 보이는 술잔을 단번에 들이키고 다시 따르려고 소주병을 잡았다. 처제가 병을 뺏었다.

"형부……."

"어어, 왜애?"

계속 훌쩍거리고 있는 딸에, 진지하게 부르는 처제에 더욱 긴장되어 안절부절 어쩔 줄 몰랐다. 꼭 죄진 자가 취조 받는 것 같았다.

"이젠 얘기해 주세요. 있는 재산 다 정리하고 하나밖에 없는 딸도 제게 맡기고 핸드폰도 버리고 연락도 없이 사라졌다가 어느 날 갑자기 다시 살겠다고 나타나서 카페를 운영하고 있는 이유요. 저는 형부 진짜 죽은 줄 알고……. 혜지가 물어볼 때마다 곤혹스러웠다고요. 저한테도 혜지한테도 말씀해 주셔야죠."

"맞아! 아빠 왜 그랬어? 얘기해 줘!"

이혼 결심

　은희는 5년 전, 경칩을 보름여 앞두고 이혼했다. 결혼한 지 3년이 지나면서 서서히 부부 사이에 금이 가기 시작해서 이혼을 결심하기 두 달 전부터는 급격하게 벌어졌다. 원만하게 합의하고 서류 접수한 뒤 정확히 한 달의 숙려기간을 거친 후 완전히 남남이 되었다.

　1년 동안은 극도의 스트레스 때문에 심한 우울증을 겪었다. 밤에는 거의 잠을 못자고 꼬박 샐 때가 부지기수였다. 잠을 제대로 못 자선지 낮에는 정신이 몽롱한 상태로 보낼 때가 많았다. 반년이 지나면서 생활하기조차 힘들어져서 병원에서 처방을 받아 졸피뎀(zolpidem)을 먹어야만 잠을 잘 수 있었다.

　다행히 지금은 과거의 모든 암울에서 벗어났다. 수면제는 물론 술, 담배 등 자신의 마음을 황폐하게 만들었던 모든 거리는 다 버렸다. 오히려 이혼한 뒤 삼 년 동안 대학원에 입학해서 공부하고 석사 학위까지 받고 현재는 전국 각지를 돌며 성인과 청소년 인성

과 심리와 연관된 강의를 하고 있다. 그럼에도 불구하고 날씨가 궂
거나 비나 눈이 내리면 이혼 전후 상황에 빠지곤 한다.

　이혼을 결심한 날은 그해 1월 토요일 오후였다. 결혼생활에 대한
회의는 이미 가슴 깊은 곳에서 십 년이 넘도록 숨어 있었다. 속상
한 일이 있을 때 마다 으레 친구들을 만났다. 친구들과 수다를 떨
고 나면 한결 마음이 편해지기 때문이었다. 그러나 그날 만큼은
친구들과 수다가 수다에 머물지 않았다. 이야기를 나눈 후 생각에
머물던 결심을 실천하게 만들었다. 그 결정적 상황은 이틀 전 목요
일부터 시작됐다.

+ + +

　남편이 웬일로 초저녁에 들어왔다. 가끔 있던 일이지만 그날은
유난히 서먹했다. 오래전부터 대화는 형식적인 몇 마디 외에는 하
지 않는다. 저녁도 배추김치, 콩자반, 어묵 볶음과 아침에 먹고 남
은 미역국을 데워서 먹었다. 남편은 소파 오른쪽 끝에 앉았고 자신
은 왼쪽 끝에 등을 기대고 앉았다.

　넷플릭스(Netflix)를 눌러 영화를 플레이했다. 네온사인이 건물
전체를 둘러싼 호텔이다. 실내 또한 최고급 인테리어로 상류층만
이 경험할 수 있는 아름다움 그 자체다. 침대 옆 테이블 위에는 칠

레산 최고급 와인 세냐와 반의반쯤 따라 둔 두 개의 잔 그리고 파인애플, 바나나, 사과, 포도가 담긴 쟁반이 세팅되어 있다.

여배우는 등장인물 이름이 하나씩 나올 때부터 샤워 중이다. 욕실의 불투명 유리에 비친 요염한 자태는 남성을 유혹하기에 하나도 부족함이 없다. 하얀색 가운을 입은 근육질의 남배우가 여성의 몸을 그윽한 눈빛으로 바라보고 있다.

샤워를 마친 여배우가 같은 디자인의 가운을 입고 나온다. 아직 다 마르지 않은 머리를 두 손으로 묶는다. 서로 눈빛이 마주친다. 남배우는 기다렸다는 듯이 성난 표범처럼 달려가 여인을 번쩍 들고 침대로 향한다.

남편은 침을 꼴깍 삼켰다. 두 배우가 야릇한 눈빛을 주고받고 서로 안고 뒹굴며 키스한다. 곧 여배우는 브래지어를 남배우는 바지를 내린다. 남편의 중요 부분이 반바지 속에서 살아 움직이듯 올라왔다.

못 본 척 고개를 돌리며 피식 웃었다. 가슴은 회색이었지만 웬일인지 몸은 콩닥거리고 아래에 힘이 들어갔다. 아무리 오랜 시간 부부관계를 안 했다하더라도 이건 아니라고 생각했다. 남편의 중요 부분이 아닌 영화 장면 때문에 본능적으로 몸이 약간 꿈틀거렸을 뿐이라고 생각했다. 영화 속에서 본격적으로 남녀가 관계하는 장면이 클로즈업 되었다. 남자의 거친 숨소리와 여자의 야릇한 신음소리가 의외로 크게 들려 왔다. 함께 보고 듣기가 민망했다.

쓸쓸한 기분으로 일어나 냉장고에서 맥주 캔 두 개와 간단한 안주거리를 들고 왔다. 남편 앞에 캔 하나를 툭 던지다시피 놓았다. 남편은 아무런 반응도 없이 캔을 따서 홀짝홀짝 마셨다. 예전에는 캔을 따서 자신에게 먼저 주고 자기 것을 따서 마셨는데 이런 사소한 장면 하나도 현재의 관계를 말해준다.

캔을 마시다가 기우뚱하면서 오른팔이 남편의 허벅지를 스쳤다. 예전에는 아침이고 밤이고 시간을 가리지 않고 달려들던 사람이 전원 꺼진 로봇처럼 무반응이었다. 자신도 별다른 느낌이 없자 깜짝 놀랐다. 분명히 좀 전 몸의 반응은 영화장면 때문이었다는 게 증명되었다.

둘은 영화가 끝날 때까지 한 시간 반 동안 흔들림 없는 자세를 유지했다. 그 순간 '이게 뭐지?'라는 생각이 천둥번개처럼 뇌리를 스쳤다. 아무튼 남편에게 자신은 여자가 아니다. 남편도 내 남자가 아니란 게 확실해졌다. 남편과 눈이 마주치면, '끝내자!'고 말할 것 같았다. 마침 앞에 있던 리모컨 오프 버튼을 일방적으로 눌러 버렸다. 그리고는 안방으로 들어가 문을 쾅하고 닫아 버렸다.

토요일은 고주망태가 되어서 새벽 2시쯤 들어왔다. 출입문 번호를 제대로 누르고 들어온 게 신기할 정도였다. 거실에서 연속극을 보다 들어와서 막 이불을 덮었던 순간이라 자는 척했다. 들어오든지 나가든지 관심이 없다는 게 더 정확한 표현이다. 남편은 매일 들고 다니는 가방을 침대 옆에 던지고 침대 위로 어슬렁어슬렁 기어 올라왔다. 덮고 있던 이불을 걷더니 배 위로 올라왔다. 놀라기도 하고 짜증도 났지만 참았다. 자는지 안 자는지 확인도 안 하고 뭐하는 짓인가 생각했다. 매너가 꽝이었다. 갑자기 몇 끼 굶주린 표범처럼 터프하게 움직이다가 이 분 만에 놀란 토끼처럼 찍 소리만 내고 옆으로 나뒹굴었다. 마침 자신의 코와 남편의 입의 위치가 같은 선에 있었다. 남편의 숨소리에 맞춰 입에선 소주 냄새와 알 수 없는 쾨쾨한 음식 냄새가 동시에 풍겼다. 구역질이 났다. 더욱 기가 찬 건, 꼴에 남자라고 몇 방울 흔적만 남기고 몇 번 가쁜 숨을 내쉬다가 금세 코까지 골기 시작했다.

이번이 처음이 아니다. 최근 비슷한 일이 두 번째다. 오늘은 유난히 치한에게 당한 것처럼 불쾌하고 부아가 치밀었다. 옆에 고꾸라져 잠이 든 남편의 풀어져 꼬인 넥타이를 목젖까지 조였다. 여기서 조금만 더 힘을 주면 숨이 끊어진다. 현재 마음 같아서는 꽉 조이고 싶었다. 그러다 문득 찌질하고 가련한 인생 죽이면 뭐하나 싶어 손을 놓았다. 얼른 욕실로 가서 배꼽 주위에 끈적거리는 흔적을 타월로 박박 밀어 버렸다. 샤워를 마치고 슬립만을 입고 베란다로 향했다.

새시를 열자, 아파트 천여 가구 중에 몇 집만 등이 켜져 있었다. 틈으로 겨울바람이 밀려 들어와 금방 샤워를 마친 몸에 닿자 정신까지 상쾌했다. 온종일 내리다 말다 하는 눈이 가로등 불빛 아래에서 너울거린다.

엉뚱하게도 이 시간까지 거실이나 안방에 불이 켜진 집은 무얼 하고 있는지 궁금했다. '이 시간에 불 켜진 저 집들은 뭐야? 신혼집인가? 아님 나처럼 여태 멀뚱멀뚱한 눈으로 어미 기다리는 부엉이 새끼처럼 잘난 남편 기다리다가, 단 몇 분 만에 일 끝내고 샤워 마치고 이렇게 한숨 쉬고 있는 건가?'

공허한 마음을 다른 사람이 아무도 알아볼 수 없어서 다행이라고 생각했다. 얼른 붙박이 창고 한쪽 구석에 숨겨둔 재떨이로 사용하는 종이컵과 담배 한 개비를 꺼냈다. 일회용 라이터를 누르자, 확 올라오는 불에 바깥 유리창에 자신의 얼굴이 보였다. 오만가지 불만과 짜증을 담은 얼굴이 일그러져 있었다.

담배 연기를 뱉으면서 원초적 본능에 나오는 주인공 배우 샤론 스톤처럼 요염한 자세를 취했다. 속이 다 비치는 하얀 슬립 왼쪽 어깨끈이 팔꿈치까지 내려왔다. 봉긋한 오른쪽 가슴이 그대로 드러났다. 슬립을 허벅지 위까지 올리며 누가 보든 말든 여배우의 자세로 좌우 다리를 번갈아 꼬았다.

베란다 유리에 비친 자신을 보면서 남편에 대한 알 수 없는 복수심이 피어올랐다. 꽁초를 종이컵에 비비며 혼자 중얼거렸다.

'여보세요. 아저씨? 난 말이에요. 또래 여자들 하곤 차원이 다르다고요. 내가 애 둘 난 퍽인 줄 아셔요? 당신 자꾸 이러다간 도끼에 발등 찍힌다구요. 내 오늘은 그냥 넘어가지만 앞으로 한 번만 더 오늘처럼 나를 무시했다간……. 나도 이 관계 장담 못 합니다. 암튼 조심하셔요. 자기가 뭔 자격이 있다고 무릎 꿇고 빌어도 될까 말까인데 간이 배 밖으로 나온 아저씨…….'

+ + +

당시는 결혼한 지 강산이 한 번 바뀌고 반이 지났을 무렵이었다. 평범한 여자들처럼 애라도 있다면 아이 키우는 즐거움이라도 있었을 텐데, 애가 없었다. 포기한 상태였다. 남편은 둘 사이에 자식이 영원히 없을 거라는 소리를 병원에서 듣고부터는 자신과의 관계뿐 아니라 가정에도 빵점이었다. 그래선지 단둘이 사는 공간은 새장에 갇힌 앵무새처럼 답답했다.

감정상태도 정상이 아니었다. 갱년기 증상인지 평소 작은 일에도 가슴이 두근거리고 뚜렷한 이유 없이 말로 표현할 수 없는 어떤 예민함과 분노 등이 자주 일어났다. 몸과 마음 상태를 달래기 위해서 친구를 만나 커피 마시며 수다를 떨어 보기도 하고 밤늦게까지 술도 마셔 봤다. 가슴이 쌓인 찌꺼기를 빼내기 위해 노래방에서 소리도 질러 봤다. 그러나 그 뒤의 부대낌과 허전함은 다섯 배커졌다.

세 살 위인 남편은 건강도 좋지 않았다. 그럼에도 이틀에 한 번꼴로 술에 취해 들어왔다. 물론 남성의 기능을 못하는 스트레스가 컸을 것이다. 아무리 그랬다 하더라도 이해가 되지 않았다. 서로 사랑하면 자녀가 없는 문제는 하등 중요한 게 아니라고 생각했기 때문이다.

아직도 이혼한 것은 후회하지 않는다. 아마도 참고 살았으면 정신병원에 처박혀 있거나 머리에 장미 한 송이 꽂고 거리를 활보하고 있을지도 모른다.

강한 바람이 창문을 흔든다. 창문을 닫으면서 보니 좀 전보다 눈발이 더 커졌다. 가슴이 또 욱신거렸다. 그날만 생각하면 나오는 증상이다. 커피포트의 전원을 누르고 믹스커피를 뜯었다.

팔팔 끓는 물을 따르자 커피 향이 코를 자극했다. 머그잔을 두 손으로 감싸자 온기가 전기처럼 온몸으로 흘렀다.

남편과는 같은 대학을 졸업했다. 남편은 시골에서 상경하여 자취하면서 대학을 다녔다. 재수하고 군대까지 갔다 와서 전공은 달랐지만 같은 학년이었다. 건물 입구가 인도를 사이에 두고 마주하고 있어서 자주 봤다. 동일 교양 과목을 수강하면서 누가 먼저라 할 것 없이 자연스럽게 학교 식당에서 밥도 먹고 가끔 영화도 봤다.

남편은 대학 졸업 후 특별히 고생하지 않고 단번에 규모가 꽤 큰 회사에 취직했고 성실하게 직장 생활을 해 나갔다. 비록 남보다 특출한 면은 없었고 무뚝뚝했지만 자신에게는 언제나 다정다감했다.

친구처럼 연인처럼 오랜 시간 만나다가 남편이 서른세 살이 되던 해 가을에 결혼했다. 신혼 때는 보통 부부처럼 달콤했다. 그러나 결혼 생활이 삼 년이 넘어 가면서 조금씩 관계가 금이 가기 시작했다. 후세에 대한 소식이 없는 게 가장 큰 문제였다.

신혼 초는 애가 생기지 않아도 별 문제없이 지냈다. 남편은 학교 교사인 자신에게 학교를 그만두고 아이도 갖고 가정에만 충실하기를 바랐다. 그러나 자신은 어렵게 임용고시까지 합격한 교사를 그만둔다는 것은 쉽게 받아들일 수 없었다. 때로는 자신의 교사 생활 때문에 아이가 들어서지 않는 것 같아서 죄책감도 들었다. 남편의 몇 번의 요구에도 교사를 그만두지 않았다. 결혼 생활 사 년이 되면서부터 남편은 퇴근 시간이 늦어지기 시작했다. 술에 취해 들어오는 날도 늘어났다.

나중에 그 사실을 알게 된 시어머니는 불임 원인을 자신에게 몰았다. 시어머니는 손목을 잡고 수차례 점을 보거나 무당을 찾아다녔다. 오랜 시간 노력에도 불구하고 변화는 없었다. 남편의 무관심과 시어머니의 노골적 핍박은 하루하루 영혼을 황폐하게 했다. 모든 탓을 자신에게만 돌렸던 것이다. 아기를 갖지 못하는 원인이 나에게 있다고 생각했다. 그 무렵부터 스트레스를 풀기 위한 방법으로 술도 마시고 담배도 피기 시작했다. 정신적·정서적으로 힘들어선지 불면증이 심해지기 시작했다. 학교에 휴가 내는 일도 많아졌다.

그러던 중, 친구 윤주에게 끌려서 병원에 갔다. 진단 결과는 놀랍게도 내가 아닌 남편의 문제였다. 병명은 고환이나 뇌하수체에서 정자 형성에 관여하는 호르몬 분비이상, 즉 무정자증이라고 했다. 남편과 시어머니에게 받았던 육신적, 정신적 고통을 생각하니 그 억울함은 말로 표현할 수 없었다. 그러나 더 큰 문제는 남편에게 있었다. 불임의 원인이 자기 탓으로 명백하게 밝혀진 후에는 나아지기는커녕 전보다 더 신경질적이 되었고 부부 관계는 막다른 골목길로 치달았다.

+++

토요일 아침 8시가 넘어서야 눈이 떠졌다. 비몽사몽으로 새벽을 보내선지 온몸이 찌뿌듯했다. 옆에서 드르렁거리던 남편은 없었다.

토요일은 격주로 출근한다. 몸이 감기 몸살처럼 여기저기 쑤시고 가슴이 뻐근했다. 잠을 제대로 자지 못하면 꼭 이 증상이 나타난다.

창밖을 보니 어젯밤 봤던 눈이 함박눈으로 변해 내리고 있었다. 눈이 아무리 많이 내려도 친구들을 만나 수다라도 떨어야 살 것 같다고 생각했다. 단짝 친구들에게 톡을 보내 놓고 머리도 감고 샤워도 하고 화장도 했다. 옷도 추운 날씨라 검정 롱 패딩으로 입었다. 가장 먼저 윤주에게 답이 왔다. 만나던 단골 카페로 약속 장소를 정하고 자동차 키를 호주머니에 넣었다.

"어, 왔구나?"

약속 장소와 가까운 데 사는 윤주가 먼저 와 있었다.

"반가워, 상당히 춥다야. 갑자기 연락해서 놀랐지?"

우산에 묻은 눈을 털고 카페 구석에 세웠다.

"놀라긴, 우리 나이 여자, 불러주는 건 친구밖에 없잖아. 잘 지냈고?"

"잘 지내긴, 좀 속상하기도 하고, 수다 떨고 싶어서……."

"암튼 잘했어. 참! 너 들었니? 성자 말이야."

"성자? 왜? 애가 많이 아프다고 했잖아? 애한테 무슨?"

"어머, 그게 아니고 성자가 남자 만난대. 며칠 전에 통화했는데 그러더라고. 그게 사는 데 힘이 된다나?"

"뭐라고?"

놀랄 수밖에 없었다. 성자는 친구 중에 가장 현모양처 스타일이었기 때문이다. 윤주는 성자의 이야기를 소설을 읽듯 천천히 시작했다.

"성자가 그러더라고. 어느 날 거울을 닦다가, 거울에 비친 얼굴이 너무 푸석해진 걸 보고 기분이 우울해졌대. 헝겊을 내려놓고 커피포트 콘센트를 꽂고는 소파에 앉아서 생각했대. 자기 사는 게 한심하고 불쌍하다나.
그럴 만도 하지. 아들은 밤새도록 칭얼대다가 아침나절에야 잠이 들어서 그나마 시간이 나서 밀린 빨래하고 설거지, 청소하고 잠시나마 커피 마실 시간이 허락된 거지.
성자도 아들 곁에서 잠을 자고 싶었는데 성자 불면증이랑 우울증 있잖아. 잠을 제대로 못 자는 거지. 암튼 자기 시간이 없어진

지가 너무나 오래됐는데 새삼 거울에 비친 얼굴을 보니까 애 돌보느라 화장한 지가 언젠지 외출한 건 또 언제인지 시간개념을 잃고 살았다는 거야.

그래서 그날 커피를 어제보다 한 숟가락 더 진하게 탔대. 왠지 좀 더 쓴 커피를 느끼고 싶었다고 하더라고 그래야 무의미해진 자신의 삶에 어떠한 자극이 올까 하는 바람에…….

그러다 재작년에 동창회에서 봤던 남자애가 문득 떠올라서 카스와 페북을 살펴봤다는 거야. 근데 찡하는 울림이 생겨서 좋아요를 누르기 시작했다고 하네. 그렇잖아. 원래 조금 알았던 사이가 어느 순간 더 가까워지는 거. 그 남자가 성자의 첫사랑이래. 예전 동창회에서 자기 귀에다 대고 그랬다잖아. '성자야, 너 내 첫사랑이야. 몰랐지?'라고. 그날이야 오랜만에 친구들 만나 노느라 별로 신경을 안 썼는데. 날 사랑했다는 말에 흥분됐다는 거야.

만나진 못하고 톡으로만 몇 번 대화를 했는데. 아 글쎄 어느 순간, 그 남자가 성자를 이성으로 대하더래. 사랑한다고 했대. 성자가 그러더라. 이런 생각이 들더라는 거야.

'내가 지금 뭔 생각을 하는 거야……. 애가 아파 정신이 없는데도 팔자 좋게 그런 생각이나 하고……. 미쳤어, 내가 미쳤어……. 아냐, 아냐! 나도 많이 지쳤나봐……. 나도 사람인데 아직은 젊은데…….'

하지만 그 동창 남자에게 사랑한다고 고백 받은 순간부터 자꾸 보고 싶어지더래. 그건 마음속에서 숨길 수 없는 사실이었다는 거. 우리 나이에 남자에게 관심 받는다는 것은 그 관심의 진위를 떠나 나 같아도 행복할 거 같아."

"그래도 그렇지 어떻게. 아이도 아프고 남편도 있는데……."

"맞아, 성자도 처음엔 그 생각 땜에 혼란스러웠는데 우리 나이에 남편 외엔 처음으로 받아 보는 이성의 눈길이잖아. 물론 사회적으로 도덕적으로 어떤 의미인지는 알지만 성자가 아들 땜에 오랫동안 고생했고 남편과도 보름이나 한 달 간격으로 보잖니. 난 성자가 이해가 가. 여자이기 전에 인간인데 있을 수 있는 일일 거라고 봐. 성자가 착하잖아, 아들 이외 생각을 하는 것이 어쩌면 사치가 되어 버린 삶이 많이 힘들어서, 혼자 있을 땐 펑펑 울 때가 많았대."

"그래서 성자는 그 남자와 어느 정도 선이라는 거야?"

"잤대!"

등받이 없는 의자였으면 뒤로 넘어갈 뻔했다. 상상도 할 수 없는 일이 성자에게 일어난 것이다. 세상에 성자 같은 천사가 남편 아닌 남자와 잤다는 게 도무지 믿어지지 않았다.

"은희야, 너 알아?"

"또, 뭘?"

아직도 심장이 콩닥거리는 중이었다. 윤주가 또 뭔 말을 하려고 그러는지 눈동자가 더 커졌다.

"영지 일?"

"영지는 또 왜? 영지는 자유로운 영혼이잖아?"

"뭔 소리야? 영지 맞고 살잖아!"

또 숨이 딱 막혔다. 수컷들이 문제다. 자기만 고단한 인생이라고 생각했는데 위안이 될 정도였다. 인생은 참 복잡다단하다.

"영지 톡 왔는데 조금 늦어도 온다고……"

"그래? 잘됐네. 직접 들어 봐야지 그럼."

둘은 약속이나 한 듯 앞에 있는 커피 잔을 동시에 들어 한 모금 씩 마셨다.

"왜들, 삶이 이런 거니……."

앞에 윤주가 들릴 정도로 크게 한숨을 쉬었다. 솔직한 심정이었다. 자신은 애가 없어선지 마음이 떠난 건지 이미 남편과 북극과 남극이다. 금방 윤주가 말한 성자는 아들이 선천성 지적장애를 가지고 태어났다. 10살이 넘었는데도 보호자가 없으면 스스로 아무 것도 할 수 없다. 남편은 직업상 지방에서 근무하는 일이라 애를 돌보는 건 오로지 성자 몫이다. 오랜 시간 아들만을 돌보느라 지쳤던 성자는 다른 남자를 만난다고 했다. 영지 남편은 술을 마시거나 자기 기분에 따라 영지에게 폭력을 행사했다. 영지는 그럴 때마다 사네 안 사네 시끄럽다가 조용해지곤 했다. 한동안 못 봐서 잘 극복한 것으로 생각했는데 윤주의 행동을 보니 분위기가 심상치 않다. 그리 보면, 가장 평범한 삶을 사는 윤주가 부러울 따름이다.

"내가 늦었지? 미안! 다들 잘 지냈어?"

영지가 둘을 가볍게 포옹하면서 등을 토닥였다. 윤주가 의자에 앉는 영지를 보면서 먼저 말을 걸었다.

"잘 지내나 보네? 별일 없었고?"

"어머머? 윤주는 내가 별일 있어야 된다는 거야?"

"아니, 전엔 하도 그래서. 얼굴 보니 괜찮은 것 같네."

"그저 그렇지 뭐. 살려고만 하면 다 살아지는 거야. 은희는 어찌 지냈어?"

"그냥 그렇지 뭐, 너희 만나 속이나 풀려고 나온 거지 뭐."

"응, 은희가 마음이 좀 그런가 봐."

윤주가 자기 마음을 짧게라도 대신해 준 게 고마웠다.

"아직도 그렇게 사니? 그럼 이혼해 버려! 요즘이 어떤 세상인데, 세상에 널린 게 이혼한 사람이고, 반은 남자 반은 여자인데, 한 번 뿐인 인생 즐겁고 행복하게 살아야지!"

시원한 영지 말에 답답한 속이 빵 뚫렸다. 다른 사람 일로만 여겼던 '이혼'이란 단어를 친구 입을 통해 들었다. 진짜 이혼해 버릴 까도 생각했다.

"오모모, 맞고 사는 너보단 은희가 백번 낫지!"

윤주의 말에, '그건 그렇지'라고 생각했다.

"윤주는 언제 적 애길 하는 거야, 요즘 나 따로 살잖아!"

올 게 왔다. 몇 번을 참고 살더니 이제야 결단을 내렸나 보다. 영지는 최근 있었던 일을 남의 일처럼 담담하게 풀었다.

"지난 가을에 한바탕하고 혼자 광안리에 갔었어. 사촌 언니가 부산에 살잖아. 일찍 도착해서 바닷가 한 바퀴 돌다가 언니 집으로 가려고 했지. 한산하더라고. 여름 막바지와 가을이 만나는 사이엔 항상 그렇잖아. 그나마 일백여 미터 앞에 또래로 보이는 대여섯 명의 젊은 남녀 한 팀이 가을바다에 생기를 주듯 와자지껄 떠들며 배구를 하고 있었어.
바람이 불어선지 너울성 파도가 보기 좋더라. 파도만 보면서 걷는데 얼마나 걸었을까 물컹한 무언가가 뒤통수를 갈기는 거야.
배구하던 사람 중에 한 명이 스파이크한 공이 내 머리를 강타한 거지. 물론 배구공이라 아프지는 않았는데 서른 중반으로 보이는 남자 한 명이 다가오더니 정중히 사과하더라. 근데 그 남자의 움직이는 입술이 남자치고는 섹시한 거야. 사람이 예쁘니깐 화는커녕 이사람 때문에 참아야겠다는 생각이 들더라. 호호호."

"뭐야, 그래서?"

윤주가 재촉하듯 물었다.

"그 남자는 내가 괜찮다고 하니깐 활짝 핀 개나리 같은 미소로 고개를 살짝 숙이고는 놀이 장소로 달려가는 거야. 그런데 웬일이니? 가슴이 심쿵하더라. 이게 얼마 만에 느끼는 소녀의 감성이니. 아마 미소 때문인 것 같았어. 암튼 생각만 해도 별꼴이잖아. 부끄러워서 얼른 그 자리를 벗어났지.

근데 인연은 인연인가 봐. 언니네 가기도 그렇고 해서 집에 가려고 저녁 무렵에 버스에 올랐거든. 비싼 우등고속버스인데도 좌석이 몇 개 비어 있더라. 승차권에 찍힌 번호를 확인하니까 하필 두 개의 좌석이 연결된 자리인거야. 옆에는 혼자 앉는 자리도 두어 개 비어 있었는데, 저 자리에 아무도 앉지 않고 버스가 출발하면 옮겨야겠다는 생각했는데, 아 글쎄 앞쪽에서 시끄러운 소리가 나면서 단체 손님이 버스에 오르고 있는 거야. 출입문 쪽을 무심히 바라보았는데 낯익은 사람들이 올라오고 있었는데 그 배구하던 사람들인 거지. 처음엔 그 남자를 못 봤는데 그들이 자기 자리 찾는 중에, 오모모, 웬일이니 내 옆자리 쪽으로 그 남자가 오는 게 아니겠어?"

영지는 큰 눈을 부릅뜨고 둘을 번갈아 쳐다봤다. 둘은 부러운 건지 어이가 없는 건지 영지의 입술만 바라봤다.

"니들 모르지? 순간 내 심장의 박동이 잠깐 멈추는 것 같았다. 낮에 봤던 그 남자가 뚜벅뚜벅 내 자리 쪽으로 오는데. 안 그러니? 겨우 한두 마디 했던 게 전부인 사람인데 내 얼굴과 가슴이 동시에 홍당무처럼 붉어지는 거야. 그 사람 자리가 바로 옆자리였던 거야. 그 사람도 날 알아보고 바닷가에서 있었던 일을 다시 사과했어. 나야 괜찮다고 고개만 살짝 끄덕였고. 그리고 버스가 움직이는 동안 아무 말도 주고받지 않았고."

"얘는, 뭔 일이래? 설마 네 성격에 그 긴 시간 동안 가만히 있었겠어? 그래, 버스 안에서 있었던 일은 생략하고. 그래서 만나고 있다는 거야 뭐야?"

윤주가 눈을 깜박거리며 물었다. 은희도 듣는 내내 놀랐다. 아무리 생각해도 이해가 되지 않았다. 자신만 딴 생각 다른 세계를 흠모하는 게 아니라 친구들도 모양만 다르지 다 다른 꿈을 꾸고 있었다.

"남편과는?"

둘은 동시에 물었다. 연애 이야기보단 영지와 남편과의 문제가 더 궁금했다. 영지의 남편은 영지가 연애하던 시절 함께 밥도 먹고 술자리도 몇 번 가졌던 사람이다. 영지만을 영원히 사랑하겠다는 말을 공개적으로 했고 실제로 중학교 때 농구선수 출신이라 키가 180cm가 훨씬 넘는 키에 당당한 몸을 가졌다. 거기에 성격도 호탕하고 돈도 펑펑 잘 써서 친구들 사이에선 킹카로 통했다. 그런 사람이 어떤 계기로 돌변해서 다른 사람이 되었는지 아직까지도 의문이었다. 영지는 별로 말하고 싶지 않는 눈치였다. 음성이 좀 전과 다르게 약간 까칠하고 신경질적으로 변성됐다.

"어느 날, 갑자기 퇴근해서 집에 들어오더니 서, 본론 없이 다짜고짜 몰아붙이는 거야. 내가 남자를 만나는 것을 자기 지인이 봤다고. 오해받은 그날은 집에서 꼼짝하지 않았거든. 세상에 웬 날벼락이고 억지인지. 그래서 누가? 또 누가 봤대? 끌고 와 봐 그 인간! 하면서 대들었지. 너무 억울하기도 하고 오해에서 벗어나야 한다는 생각에 대들고 옥박질렀지 뭐. 그날 내게 손찌검했어. 얼마나 화가 나던지 꿈에서도 싸우고 가위까지 눌릴 정도야."

+ + +

5년 전에 있었던 일들이 오늘 일처럼 한 장면도 그냥 넘어가지 않았다. 자신의 기억력이 아직도 생생했다. 정작 자신은 그날 수다 중에 이혼을 결심했는데 불과 두 달 만에 서류에 도장 찍고 숙려 기간을 거쳐 일사천리로 마무리했다.

성자는 그때나 지금이나 변함없이 그대로 산다. 당시 다른 남자를 만나는 것을 남편이 아는지 모르는지 아무 일도 없는 것처럼 살고 있다. 부부가 멀리 떨어져 살면 모를 수도 있겠다고 생각했다. 남녀는 몸이 떨어져 있으면 마음도 멀어진다는 것은 천사표인 성자를 보면 알 수 있다. 아들은 여전히 성자의 몫이다.

영지는 그 후 여섯 달 만에 이혼했다. 남편의 오해와 의심은 심한 의처증이었다. 나중에는 분노를 조절 못하는 장애가 있어서 크고 작은 폭력과 폭행으로 이어졌다. 영지는 아들 때문이라도 참고 살려고 두 달은 따로 살면서 회복되길 바랐다. 그러나 병원 치료에도 별 차도가 없어서 이혼을 결심하고 재판 끝에 아들 양육권도 가져왔다고 했다. 광안리에서 만난 남자는 친구하기로 하고 가끔 만나 술 한 잔씩 한다고 했다. 그 이상은 어느 정도 관계인지 묻지 않았다.

친구들과 수다를 떨고 집에 돌아온 날부터 생각이 많아졌다. 아이 문제를 오로지 아내에 맡기는 남자나, 여자를 폭행하는 남자를 보면서, 성자와 영지 대신 그 수컷들의 엉덩이를 야구 배트로 치고 싶었다. 아직도 중세에 시간을 멈춘 남자가 많다는 이야기다. 남자와 여자, 여자와 남자의 관계 설정이 달라져 한다고 생각했다. 여자는 남자에 의해 사는 게 아니라 내가 살기에 남자도 있는 것이라고 생각했다. 우리 부모에게서 물려받은 남녀 관계 설정은 이 시대에는 맞지 않기 때문에 사회 분위기도 변화되어야 한다.

+ + +

법적으로 깔끔하게 끝냈지만 십오 년이란 시간 동안 함께 살았던 시간은 마음 한쪽을 불편하게 했다. 꼭 화장실 갔다가 뒤처리를 하지 않고 그냥 나온 것처럼 찜찜했던 것이다. 이 마음의 찌꺼기를 어찌 달랠까 생각 중이었다. 마침 이혼한 소식을 접한 친구 경희에게서 전화가 왔다. 경희는 작년까지 중학교 영어 교사하다가 퇴직했다. 아들과 딸이 미국으로 유학을 떠나면서 뒷바라지해야 한다는 명분이었다.

"은희야, 얘기 들었어. 어떡하니……."

불편한 마음과 상관없이 오랜만에 한 시간여를 통화했다. 긴 시간 동안 이야기 중에 경희는 공부하는 게 어떠냐고 자신이 졸업한 대학원을 소개시켜 줬다. 마침 전형기간이었다.

통화를 마친 다음 날, 귀신에 홀린 듯 서류를 준비했다. 참 좋은 세상이다. 컴퓨터와 프린터만 있으면 모든 게 다 된다. 서류를 프린트해서 봉투에 담았다. 바람도 쐴 겸 직접 접수하러 가기 위해 시동을 걸었다.

이번 겨울은 눈이 자주 내린다. 자동으로 켜진 라디오에서는 낭랑한 목소리의 아나운서가, '오늘은 전국에 눈이 10㎝ 이상 내리고 온도도 영하 3℃로 내려가겠습니다. 도로는 빙판이 예상되오니 가급적 대중교통을 이용하는 게 좋겠습니다.'라고 했다. 아나운서의 경고에 두렵기도 했다. 그러나 접수 후에 곧바로 집으로 돌아오기에는 아쉽다고 생각했다. 목적지는 정하지 않았지만 어딘가 훌쩍 다녀오고 싶었다. 대중교통을 이용하면 내가 원하는 장소에 자유롭게 가지 못한다. 조심해서 천천히 가면 되겠지 하는 생각으로 액셀을 지그시 눌렀다.

일기예보대로 대부분의 운전자들이 조심스럽게 핸들을 잡고 있었고 차는 거북이가 달리기 하듯 움직이고 있었다. 간신히 학교에 서류를 접수하고 외곽으로 방향을 잡았다.

아무리 조심해서 핸들을 잡고 있어도 바퀴는 마음과 다르게 미끄러지면서 차선을 자꾸 침범했다.

꼭 사고가 날 것 같은 기분이 들었다. 겁이 덜컥 났다. 그 찰나, '쿠궁'하고 부딪쳤다. 겁을 내는 순간과 충돌이 동시에 일어난 것이다. 2차선에서 서행했지만 차는 1차선에서 주행하던 검정색 외제 승용차 조수석 뒤 모서리를 박았다. 살짝 부딪쳤는데 상대방 차의 후미등은 박살났고 범퍼도 푹 들어갔다.

비싼 외제차를 박았으니 운전자가 내게 와서 큰소리칠 게 뻔하다. 분명히 덩치가 산만 한 남자가 '집에서 밥이나 하지 뭐 하러 운전하고 다니느냐!'고 고함칠 것이다. 마음의 준비를 했다. 그저 안 하무인 깡패만 아니길 바랐다. 예상과 다르게 피해 운전자는 예의가 있는 사람이었다. 먼저 다친 데 없냐고 물었다. 당황했지만 고개를 끄떡이며 문을 열고 나갔다. 몇 번이고 미안하다고 사과했다. 운전자는 다친 데 없으면 됐다고 하면서 깨진 등과 범퍼만 보험처리로 해달라고 했다. 당연히 그리하겠다고 고개를 숙이고 연락처를 건넸다. 얼른 보험사에 연락하고 자리를 떴다.

+ + +

따뜻한 아메리카노를 두 손으로 감쌌다. 아나운서 말을 들을걸 하며 자책했다. 버스는 떠났으니 어쩌랴 이미 자기 차는 견인차가 끌고 갔다. 차 수리까진 두어 시간이 걸린다고 했다. 고칠 동안 특별히 가 있을 데가 없다. 이 나이가 되어서도 갈 데가 없다고 생각하니 쓴웃음만 나온다. 별로 놀아 본 적이 없다. 임용고시를 준비해서 교사가 되었다. 곧바로 결혼하고 몇 년을 교사로 일하다가 이런저런 일로 장기 휴가를 내고 쉬었다. 결혼 생활이 이리 파탄날 줄 알았다면 교사로서나 제대로 역할을 이어갈 걸 하면서 후회하기도 했다. 동창 중에는 벌써 교감이 되었다고 자랑한다. 시기와 부러운 마음 때문에 밴드도 탈퇴했고 동창과 거리를 두고 있다.

아메리카노를 한 모금 마시자 향과 온기가 목구멍을 타고 들어갔다. 좀 나아지는 것 같았다. 다시 자리를 옮길까도 생각했다. 카페 한쪽에 켜 둔 TV에서 여기저기에서 일어나고 있는 접촉사고 소식을 전해주고 있었다. 나만 일으킨 사고가 아니어선지 위안이 되었다. 괜히 움직이다가 넘어져서 무릎이라도 깨지면 더 손해일 것 같아서 자리를 옮기는 건 포기했다.

바로 옆자리에 여성잡지가 펼쳐져 있었다. 두 시간 이상을 보내기엔 딱 좋았다. 누군가가 보다가 말았는지 삼분의 일쯤에서 펼쳐져 있었다. 한 페이지 전체를 드라마와 광고에서 자주 봤던 여배우가 차지하고 있었다. 그녀는 왼손으로 턱을 괴고 세상에서 제일 예쁜 미소로 나를 보고 있다. 같은 여자가 봐도 참 예쁘다. 저렇게 꾸미면 넘어가지 않을 남자가 있을까 속으로만 생각했다. 자신도 저 나이 때는 저 배우만큼은 아니었어도 예쁘다는 소리를 종종 들었다. 지금도 몸매는 애 난 경험이 없어서 다른 또래 여자보다 상대적으로 나았지만 여성으로서의 사명을 다 못한 것 같은 묘한 기분에 빠지곤 했다.

잡지를 들고 두 장을 넘겼다 예쁜 사람 보기가 싫어서다. 두 장을 넘기자 성공한 사람 스토리가 지면을 빽빽하게 채우고 있었다. 글자는 읽지 않고 얼굴만 봤다. 또 한 장을 집고 넘기려는데 사십 대로 보이는 덩치 큰 두 남성이 옷에 묻은 눈을 툭툭 털며 들어 왔다. 그들은 카운터로 가더니 따뜻한 아메리카노 두 잔을 주문하고 뒷자리에 털썩 앉았다.

"에이, 밥값만 날렸네. 그럼 그렇지!"

대뜸 앞머리가 거의 없는 카키색 재킷을 입은 남자가 퉁명스럽게 말했다. 그러자 회색 코트를 입은 배가 볼록하게 나온 남자가 코트를 벗으며 대꾸했다.

"뭔 소리야?"

"그런 일이 있다. 말하기 싫다!"

웃긴 사람이다. 말하기 싫다면서 말을 꺼내는 이유가 뭘까.

"웃긴 놈이네. 말이나 하지 말던지……."

같은 생각을 한 코트 남자는 그나마 난 사람이다.

"실없긴, 참! 애 엄마는?"

"연락이 안 된다!"

깜짝 놀랐다. 잡지를 보면서도 뒤 두 남자의 대화에 나도 모르게 귀를 열어 두고 있었다. 코트를 벗은 남자가 아내 안부를 묻자 재킷 남자는 연락이 안 된다고 했다.

정리해 봤다. 카키색 재킷을 입은 남자의 부인은 지금으로부터 일 년 전 바람이 났다. 친구로 보이는 회색 코트의 남자는 부인이 바람난 것을 두고 무서운 말을 했다. 여자가 바람나서 나갔으면 찾지 말고 포기하란 말이었다. 그는 포기해야 마음이 편할 것이라고 했다. 포기는 부정적 요소의 단어지만 생각하기에 따라 마음을 비운다는 긍정도 담겨 있다고 했다. 암튼 인정하고 새 출발하라는 요지의 말이다.

"근데, 아까 한 말은 뭔 말이냐? 혹시 벌써 딴 여자 만나는 거냐?"

"세 살 어리다고 해서 혹시나 해서 봤는데, 퍽이다 퍽. 폭탄이라고 폭탄!"

하마터면 소리 내서 웃을 뻔했다. 자신이 남편에게 했던 말을 저 남자 입술을 통해 듣고 있었기 때문이다. 역시 내 생각이 맞아서 으쓱해지는 기분이다. 이 넓은 세상에 이런 우연도 있구나 하면서 귀를 더 쫑긋 세웠다.

"폭탄? 하하하, 결혼 안 한 사람이라고 했잖아?"

"그러게 하는 소리지? 애 셋 난 여자도 그 정돈 아니다!"

"결혼도 안한 여자도 그럴 수 있구나? 그렇다고 얘기도 안 해
보고?"

"뭐래, 이 사람아 말이 나오겠냐. 앙?"

또 정리해 봤다. '이 얘기는 집나간 아내가 일 년이 되었는데 찾
는 것을 포기하고 새로운 여자를 만났는데 그 여자가 좀 아니더라
이거지? 나쁜 놈 겨우 일 년 만에 다른 여자를 만나다니 그 아내
가 집 나간 이유 안 봐도 짐작이 간다. 그러니 앞머리가 다 빠진 대
머리가 된 거야 나쁜 늑대 자식…….'

"이 친구야, 아직도 외모 보고 사람 보냐? 그 나인 지났잖아?"

코트 남자는 역시 생각이 나은 사람이다. 배가 나이에 맞게 적
당하게 나온 이유가 있다.

"누가 뭐래? 웬만하면……."

재킷 남자는 몽둥이로 몇 대 맞아야 정신을 차릴 사람이다.

"이 사람아, 내가 결혼할 때 할머니가 그러시더라. 여잔 예쁜 것
보다 가슴이랑 엉덩이가 큰 여자가 좋데. 아기도 쑥쑥 잘 난다고.

애 엄마가 좀 말랐잖아. 그래서 심하게 반대하셨거든."

헉, 분노가 일었다. 여자가 애 낳는 기계인가. 그러나 어쩌란 말인가. 할머니가 한 말씀인데.

"뭔 소리 하려고 그래?"

"그렇다는 거야. 우리 나이에 내면이 중요하지. 겉이 뭐가 중요해. 아무튼 넌 아직도 환상 속에 그대를 찾고 있구나. 어쩌면 인생에 대해 좀 더 고민해야 쓰겄어."

이들의 주고받은 이야기를 대충 이해했다. 다만, '인생에 대해 좀더 고민해야 한다.'란 코트 입은 남자 말에 고개를 끄덕였다.

불혹이 지났다. 우리 또래 여자는 이 잡지 속 배우와 극명하게 차이난다. 한창 때 피부나 몸매가 세월과 함께 변했다. 남자도 마찬가지다. 저 둘이 중년 남자들의 보통 비주얼이 아닌가.

코트 남자는 재킷 남자에게 현실을 인정하라고 했다. 자기를 제대로 보지 않고 상대에게 기대치를 높이는 건 환상이자 망상이라고 꼭 집어 말했다.

갑자기 그만 듣고 싶었다. 넓은 카페에 두 남자는 내 또래의 여자를 두고 자기들 입맛대로 재단하고 있다. 그 대상 중에 한 명인 여자로서 옆에서 귀동냥하는 게 싫고 자존심도 상했다.

+ + +

마침 차 수리가 끝났다고 연락이 왔다. 빙판길을 뛰어가 얼른 핸들을 잡고 스타트를 눌렀다. 운전을 하면서도 오만가지 잡생각이다. 평소 자동차로 꽉 차던 도로에 차가 한 대도 보이지 않는 게 신기했다. 그래선지 겁이 덜컥 났다. 남들은 사고 위험 때문에 일부러 집으로 들어가는데 자신은 목적지 없이 길거리에다 기름만 쏟고 있다. 사실 빙판 위에서 밑창이 다 닳은 검정고무신을 신고 뛰고 있는 심정이다.

그런 위험성을 안고 눈에 보이는 이정표 대로 한 시간을 거북이 속도로 달리는 중이다. 시내를 벗어나자 제설작업이 전혀 안 된 2차선 도로가 나왔다. 눈이 그대로 쌓여 있었다. 쌓인 눈을 보자 자신감이 뚝 떨어졌다. 모래와 염화칼슘을 뿌린 시내 도로와는 천지 차이다. 마침 도로 옆에 넓은 공터가 있었다. 간신히 차를 세우고 크게 심호흡을 했다. 객기 부린 것을 후회했다. 보일러가 팡팡 돌아가는 집에서 뒹구는 게 훨씬 나을 뻔했다. 서류 접수한 걸 위안 삼았다. 그마저 없었다면 시간을 무의미하게 보낸 걸 진짜 후회했을 것 같았다. 아무튼 눈이 녹을 때까지 도리가 없다. 본능적으로 체념하고 차를 정지했다.

이십여 미터 앞에 회색 승용차 한 대가 있었다. 차 지붕에 눈이 없는 것으로 봐선 주차한 지 얼마 안 된 것 같다. 나와 비슷한 마음을 가진 운전자일 것이다. 그런 건 중요하지 않았다. 지금은 나만 생각할 것이다. 저 차가 여기서 무얼 하든 관심 가질 필요가 없다. 어차피 이 세상에 나 혼자다. 남편도 남이 되었고 친구들도 여기엔 없다.

시동을 끄면 금방 추워질 것 같았다. 히터 때문에 평소보다 더 덜덜거리는 이 차가 있어 그나마 다행이다. 생각이 많다. 말할 상대가 없다. 내가 말하고 내가 듣는다. 내가 생각하고 내가 생각을 정리한다.

자주 통화하는 윤주가 떠올랐다. 평범한 삶을 사는 윤주가 항상 부러웠다. 엊그제 통화에서도 '네가 부럽다!'라고 했다. 윤주는 내게, '네 눈에 보이는 게 다가 아니다.'라고 했다. 내 눈에 보이는 타인의 평범함과 행복함은 진짜가 아닐 수 있다는 말이다.

윤주는, '현재의 삶은 내 삶도 아니고 남편과 동행하는 삶도 아니다. 세상에 내놓은 아이들이 내 삶이 되었다.'라고 했다.

애가 없는 입장에서 자식이 자신의 삶의 전부라는 말과 눈에 보이는 게 전부가 아니라는 의미가 궁금했다. 윤주가 말했던 일상을 머릿속으로 써봤다.

+ + +

겨우 설거지를 마친 윤주는 소파에 앉았다. 이제야 숨을 편히 쉴 수 있었다. 하늘엔 해가 벌써 중천에 떠 있다. 아침 5시 반에 일어나서 여태껏 엉덩이를 바닥에 붙이지 못했다. 매일 똑같은 일상이 몇 년째인지 기억하고 싶지 않다. 다만 반복되는 일상이 지겹고 고단할 때가 있다.

출근하는 남편을 위해 오늘 입을 와이셔츠를 확인한다. 아침 식사를 준비한다. 남편이 수저를 들 때면 중학교 1학년 아들을 깨워 세수하라고 화장실로 보내고, 화장실에서 아들이 나오면 다섯 살 터울인 아홉 살짜리 딸은 직접 얼굴을 씻겨 준다.

두 애가 얼굴을 말리면 테이블에 앉히고 그러다 보면 이미 식사를 마친 남편이 구두를 신는다. 남편이 나가는 뒷모습을 본 뒤에는 두 애가 밥을 먹을 동안 딸 담임이 만든 밴드에서 알림 내용을 확인하고 가방 속도 체크하면서 모자란 용품을 채워준다. 애들이 손잡고 다정히 나가면 일단 1단계는 끝난다.

2단계는 설거지와 집안 청소다. 식탁을 본다. 오십이 낼 모레인 남편도 밥알을 몇 개 흘렸고 두 애 자리는 밥알뿐 아니라 부서진 김 조각과 먹다 만 햄도 여기저기 떨어져 있다. 그릇을 싱크대에 넣고 자신의 손으로 씻는 건지 수돗물이 닦아 내리는 건지 그릇들이 제 깔로 돌아오면 위치에 옮겨 놓고, 미리 전원을 누른 세탁기가 임무를 마쳤다고 울어대면 얼른 뛰어가 전원을 누른다.

거실 한쪽에서 조용히 하는 일을 지켜보던 청소기가 이젠 자기 차례라면서 눈짓을 하면 청소기의 긴 부분을 잡고 여기저기 흩어진 옷가지 책 등을 집어 들면 징징 소리를 내면서 크고 작은 이물질을 삼켜 버린다.

청소기 소리가 끝나기가 무섭게 청소기가 다하지 못한 임무를 대신하기 위해 걸레를 들고 구석구석을 닦아내다가 세탁기 속 빨래가 생각나서 얼른 뛰어가 꺼내 들고 베란다로 향한다.

소파에 앉아 두어 번 숨을 고른 후에 커피포트의 물을 확인한다. 포트에서 김이 모락모락 나면, 어김없이 아래층 상태 엄마가 올라와 초인종을 누른다. 상태 엄마가 들어오면 서로 약속이나 한 것처럼 십분 뒤 위층 영재 엄마도 따라 들어온다.

오늘도 119호 여자 이야기다. 셋이 모이면 항상 이야기 중심에 서는 인물이다. 말만 하면 다 아는 재벌기업 팀장이다. 또래지만 셋과 비교할 수 없는 비주얼이다. 머리부터 발끝까지 매일 바꿔 입는 옷도 그렇고 갖고 다니는 백도 대충 견적만 내도 자기들보다 몇 배 더 견적이 나간다. 거기에 차도 최고급 외제차다. 그 여자에 대한 부러움과 시기와 질투는 셋이 만났을 때 최고의 안줏거리다.

오늘 이야기도 어제의 연장선이다. 영재 엄마는 엄청난 정보를 준비해 온 듯 눈에 힘을 주면서 두 사람을 번갈아 봤다, 그녀의 말은 119호 여자가 남자를 번갈아 가며 만나는 것 같다고 했다. 어제 본 남자는 며칠 전 그 남자가 아니었다는 것이다. 둘은 실망했다. 비슷한 이야기를 몇 번째 들었기 때문에 특종에 속하지 않던 것이다.

윤주는 평소에도 그 여자를 시기와 질투를 넘어 엄청나게 부러워했다. 여자가 자기 일을 갖고 또 사회에서 인정받는 것은 로망이었기 때문이다. 그렇게 살지 못하고 빨래와 설거지, 청소로 하루의 반을 보내는 자신의 처지와는 비교가 되지 않는다. 윤주는 그 여자의 위치에 자신을 올려다 놓고 몇 번을 생각했다. 하지만 이내 입가에 쓸쓸한 미소만 짓다가 생각을 버렸다. 오히려 어제 딸한테 노골적으로 당한 게 더 진한 아픔으로 다가왔다.

딸은 핸드폰으로 동영상 편집을 하면서 뭔가 잘 안 되는 게 있었는지 엄마에게 물었다. 윤주는 컴맹이다. 핸드폰도 전화통화, 문자메시지, 카톡, 검색 등만 한다. 그 흔한 쇼핑도 안 한다. 유튜브, 페이스북, 트위트 등 SNS는 아예 접근도 안 한다. 그런 자신에게 동영상 편집하는 방법을 물어왔던 것이다. 특히 딸에게 '엄만 이런 것도 몰라요?'란 말을 듣고 엄청 서운해서 울컥하기도 했다. 자기가 낳은 자식에게 들은 말인데도 어쩌나 얼굴이 화끈거렸는지 아무 말도 하지 않고 안방 침대 모서리에 털썩 주저앉았다. 지 낳고 지 뒷바라지 하느라 모든 걸 포기하고 사는데 겨우 초등학교 2학년 딸이 무시했던 것이다.

+ + +

평소 부러움의 대상이었던 윤주마저 행복한 삶을 이어가지 못한다는 것을 알고 큰 충격에 빠졌었다. 눈에 보이는 게 전부가 아니라고 말했던 의미와 일상을 머릿속으로 써보고 그려 보면서 윤주가 가엾다고 생각했다. 윤주는 하루하루 남편과 아이들 뒷바라지에 지쳐가면서 자기 삶은 봄에 폈던 꽃이 가을 문턱에서 시들어가는 것에 비유했다. 친구인 성자도 영지도 경희도 마찬가지다. 겉모습은 다르지만 누구 하나 진짜 행복을 찾지 못했다. 걸릴 게 하나도 없는 자신이라도 그 답, 참 인생이 뭔지 찾겠다고 두 손을 꽉 쥐었다.

히터 때문인지 목이 텁텁했다. 마침 옆에 있던 생수를 한 모금 마시고 밖으로 나왔다. 무작정 이정표만 보고 왔기 때문에 정확한 동네 이름은 모른다. 눈은 쌓였지만 눈발이 약해져서 충분히 걸을 수 있었다. 도로를 중심으로 반대편은 밭이었다. 비닐하우스 두 채 중 하나는 강풍에 비닐이 다 뜯겨서 앙상한 철근이 드러나 있고 또 하나는 간신히 형체를 유지하고 있었다. 하우스 위에 쌓인 눈 때문에 금방 무너질 듯 불안하게 보였다.

무심결에 패딩 호주머니에 손을 넣었다, 언제 사서 넣어 두었는지 뜯지 않은 껌 한 통이 있었다. 껌이 이토록 반가울지 몰랐다. 얼른 하나를 꺼내 씹었다. 저기 둑까지만 걸어 보고 집으로 돌아가야겠다고 생각하고 조심스럽게 걸음을 옮겼다.

막상 도착하니 둑 경사가 삼십 도는 되는 것 같았다. 비틀거리면서 올라갔다. 정상에 서자 다른 세상이 있었다. 여기에 바다가 있을지 몰랐다. 비록 물이 다 빠져 갯벌만 보였지만 저 멀리 바닷물이 보이는 곳에 손가락 한 마디만 한 배가 네 척이나 있었다. 그 앞 복판에 작은 바위가 삐죽 얼굴을 내밀고 있었다. 저기에서 담배 한 대 피우고 돌아와야겠다고 생각했다. 다행히 굽이 높은 부츠를 신고 있어서 눈과 진흙이 뒤섞인 위를 충분히 걸을 수 있었다. 가뿐히 도착해서 씹던 껌을 종이에 싸고 손가방에서 담배를 꺼냈다.

담배 연기를 내뱉는 족족 바닷바람에 실려 금방 서 있던 둑 쪽으로 사라졌다. 이 넓은 바다에 혼자 있다는 게 덜컥 겁이 났다. 혼자 사는 건 자신 있었다. 그런데 가슴 한편은 말로 표현키 어려운 외로움이 꿈틀거리고 있었다.

+ + +

　이혼 후 두 가지 변화가 일어났다. 하나는 대학원에 들어가 철학과 심리학을 공부해서 '나의 참 인생을 찾는 법'이란 제목의 논문으로 석사 학위를 받은 것이고 또 하나는 무작정 갔던 바닷가에서 우연히 남자를 만나고 사랑하게 된 것이다.

　윤주는 부러움의 대상이었다. 그러나 삶의 행복을 느끼지 못한다는 말은 큰 실망과 충격이었다. 그렇다면 진짜 행복을 찾은 여자, 아니 사람이 있을까? 왠지 답답함과 궁금증이 동시에 일어났다. 친구들의 삶을 보면서 또 공부하는 게 어떠냐는 경희의 권면을 듣고, 나도 남은 인생 나를 위한 행복을 찾아 살아야겠다고 생각했다. 그래서 대학원에 진학에 관련 분야를 공부했다.

　세상일은 우연과 필연을 어떻게 구분해야 할지 모르겠다. 원서를 접수하고 우연히 갔던 바닷가에서 만난 남자를 사랑하게 됐다. 사랑해서 결혼했는데 불과 십오 년 만에 서로 원수가 되다시피 하고 또 하루 사이에 사랑의 감정이 싹이 터서 낮이고 밤이고 생각한다. 그 남자만 생각하면 생리적인 나이는 중요한 게 아니다. 그냥 이팔청춘 춘향이다.

　전 남편과는 이런 감정이나 기분을 별로 느끼지 못했던 게 사실이다. 학교가 같았기 때문에 남편이 졸업할 때까지 자연스럽게 만났었다. 말도 통하고 스킨십도 하고 서로 사랑하는 것 같아 결혼 전에 섹스도 하고 결혼도 당연히 하는 것으로 생각하고 했다. 살면서도 흥분보다는 덤덤한 게 더 컸다. 이혼할 때나 오 년이 지난 지금도 별로 기억에 없다. 인생 십오 년이 붕 뜬 느낌이다.

이 남자는 다르다. 겨우 이년여를 틈틈이 만나고 삼 년 전부터는 한 번도 본 적이 없다. 그럼에도 불구하고 아침부터 잠을 잘 때까지 아니 꿈에서까지 함께한다. 그러나 유부남이다. 자신과는 사정이 다르다. 자신이 그 남자를 아무리 좋아하고 사랑해도 가질 수 없다. 아무리 세상이 바뀌었다고 해도 세상의 시선과 윤리는 무시할 수 없다. 사랑하는데 가질 수 없다.

비록 통화조차 자유롭게 할 수 없지만 마음으로는 지금 이 순간까지도 하루 온종일 같이 있다. 그에게 하고 싶은 말을, 보고 싶은 마음을, 사랑하는 그에게 전하고 싶었다.

'넓은 바다에 홀로 떠 있는 통통배 같아요. 갑자기 당신이 보고 싶네요. 하지만 알아요. 만날 수 없다는 걸. 그래서 커피 한 잔 들고 평상시 즐겨 듣던 음악으로 대신하고 있어요. 멜로디가 저를 우울하게 만드네요. 지금 흘러나오는 노랫말이 제 가슴 깊은 곳에 감추어진 저의 또 다른 걸 집어낸 계기가 된 거 같아요. 이 노래는 한 명의 남자와 두 명의 여자가 등장해요. 남자는 오랜 시간 옆집에 사는 여자를 사랑했는데 이 여성에게 사랑을 고백할 기회를 얻지 못해요. 어느 날, 갑자기 이 여자가 떠나버렸거든요. 근데요. 더 안타까운 건, 그 남자를 같은 시간 동안 먼발치에서 사랑했던 또 다른 여자랍니다. 좋아하던 여자가 사라지면 그 남자의 사랑은 자신의 몫이길 바랐거든요. 그러나 남자의 마음은 결코 흔들리지 않았어요. 참 아프지요.

　당신에게 하고 싶은 말이 있어요. 이 노랫말의 여인이 스무 해 동안이나 가슴으로만 사랑한 것처럼 저도 그리할래요. 이렇게 당신을 생각할 자유가 있다는 것만으로도 감사해요. 아무튼 서로 다른 길을 걷고 있지만 힘내셨으면 좋겠어요. 알잖아요. 세상사람 누구든 자신만이 간직한 가시나 상처는 있어요. 단지 얼마나 깊은 곳에 감추어 두고 사는지 그 차이만 있을 뿐이라는 거죠. 당신은 스스로가 부족하다고 하셨지만 그 존재만으로도 제게 힘이 되었고 제 속에 있던 가시와 상처를 아물게 해주셨어요. 그래서 고맙고 감사해요. 까다롭고 변덕스러운 저 때문에 많이 힘들었을 거예요. 이런 제가 어디가 좋아서 그토록 힘들어 하셨어요. 보고 싶은데, 정말 보고 싶은데 이젠 당신에게서는 사라진 안개에 불과하겠네요. 삼 년이나 지났네요. 제 이름이나 기억해 주실는지……'

번민과 한탄

차 안에서, 하얀 나비처럼 춤을 추고 있는 눈을 바라보고 있다. 계절마다 각기 눈을 호강시키는 자연의 힘은 위대하다. 봄은 산과 들에 진달래와 개나리가 활짝 미소 짓는다. 여름은 춤추는 파도가 묵은 가슴을 뻥 뚫어 주고 가을은 청명한 하늘과 낙엽이 깊은 사색을 하게 한다.

자연은 변함없이 돌고 돌며 항상 자기 본분을 한다. 그러나 자신은 오늘 한 일도 없는데 벌써부터 풀죽어 있다. 겨우 두어 시간 운전했다고 피로가 온 거라면 체력이 심각한 수준이 아닌가. 시트를 더 눕혔다. 말 그대로 중년이다. 어제 체크해 봤던 남성 갱년기 자가진단 결과를 보고 깜짝 놀랐다. 거의 대부분 항목에 해당됐다. 삶에 대한 자신감이 떨어지고 즐거움이나 행복함도 없다. 기억력도 현저히 감퇴했다. 어제도 손에 핸드폰을 쥐고도 핸드폰을 찾았다. 그럴 때마다 당황스러울 정도로 깜짝깜짝 놀란다. 기력도 쇠해졌고 수시로 졸린다. 발기 강도도 예전보다 못하고 성관계 횟수는 급격히 떨어졌다. 가장 큰 문제는 우울 증상이다. 이유도 없이 슬퍼지고 쓸쓸하다. 별일도 아닌데 불만과 짜증을 낸다. 말로만 듣던 갱년기 증상이 내게 올 줄 누가 알았을까. 지금도 우울의 늪에 빠진 게 분명하다. 눈꺼풀이 무겁다.

눈동자 속에서 단풍으로 붉게 물든 대관령이 펼쳐졌다. 고교 시절, 수학 여행길에 처음으로 대관령을 넘었다. 버스 안에서 바라봤던 대관령은 사방천지가 하나하나 아름다운 풍경화였다. 붉고 노란 단풍과 푸른 이파리와 바위 등은 신만이 만들어 낼 수 있는 걸작이다. 다른 친구들도 그 아름다움에 감탄했지만 유난히 감성적이었던 자신은 정신이 혼미할 정도였다.

대관령이 떠오를 때마다 달려가고 싶은 심정이다. 그럴 때마다 키를 만지작거린다. 오늘도 유난히 가 보고 싶다. 겨울이 아니고 가을이었으면 지금도 달리고 있을지도 모른다. 낭만을 생각하다 보면 필름은 또 현재로 돌아온다.

어떤 철학자는, '사람은 살아가면서 살기 위해, 어릴 적 가슴에 품었던 낭만은 시간과 함께 서서히 죽어간다.'라고 했다. 그랬다. 낭만을 그리다 보면 끝을 맺기도 전에 현재가 침투한다. 먹기 위해 일하는 건지 살기 위해 일하는 건지 둔한 머리로는 답할 수 없다. 남들처럼 재산도 쌓아 두지 못했다. 권력도 명예도 없다. 이루어 놓은 것도 없이 인생의 반을 헛살았다.

또 다른 철학자는, '당신이 가야 할 목적지 표를 호주머니 넣고 다른 버스 안에서 밤낮 죽어라 뜀박질한들 버스가 도착하면 그 얼마나 허탈한가, 비록 늦더라도 이정표 방향이 맞는 버스에 타서 그 안에서 울고불고 해야지…'라고 했다.

철학자 말대로, 자신은 가야 할 목적지 버스표를 들고 다른 버스 안에서 허둥대고 있다는 말이다. 내 의지 없이 남에 의해 회사를 차리고 거기서 주는 먹이나 냉큼 받아먹다가 막상 먹이를 주지 않으니 속수무책이다. 지금 와서 하소연한들 뭔 소용인가.

백미러에 비춰진 잔주름 수는 셀 수 없을 정도다. 내 눈엔 보이지 않지만 그 많던 머리카락도 정수리부터 이미 빠지고 있다. 초라한 존재로 변모해 가는 나의 육신을, 시간의 흐르면서 고목이 되어가는 나의 감정을, 나는 과연 어떤 수단을 이용해 웃고 고목에 생화를 피울 수 있을까? 가끔 현재의 삶에서 벗어나고 싶을 때가 있다. 그 답은 사랑이 아닐까 생각했다. 이 나이에 사랑이라니. 아내와 자식이 있는 사람이 지금 어떤 사랑을 또 갈망하는 것인가.

뜬구름 잡는 정신이 미쳤다. 사실 남자는 미모의 여자를, 여자는 능력 있는 남자를 서로 가지고 싶어 하는 건, 상식적인 자연 이치다. 내가 미모의 여인을 가질 순 없고 무능력한 사람을 어느 여자가 말 한마디 섞으려 할까 생각했다. 그래선지 슬퍼진다.

돌이켜보니, 자신에게도 5년 전에 기적이 일어났었다. 볼품없던 자신을 아무 조건 없이 좋아해주고 사랑해 주는 사람을 만났다.

그 애만 생각하면 때와 장소 상관없이 보고 싶다. 얼굴 본지가 무려 3년이 지났는데 아직도 그 애는 머리와 가슴에 그대로 앉아 있다. 힘들다. 머리는 그 애와 나누었던 기억을 그려 내서 힘들고, 가슴은 그 애와 나눴던 사랑했던 감정이 되살아나 힘들다. 고개를 저었다. 그 애를 생각지 않으려고 조수석에 있던 책을 집었다.

오늘 아침, 사무실 책장에 꽂힌 책등의 제목을 유심히 살펴보다가 찾아 낸 책이다. 별로 바쁘게 살지 않으면서도 책을 읽어 본 지가 꽤 오래됐다. 이리 살다가는 머리에 똥만 찰 거 같았다. 뭘 읽을까 망설이다가 『꿈을 잃어버리고 사는 사람들』이란 에세이가 눈에 띄었다. 표지가 낡았고 내지가 누렇게 변색된 것으로 보아 출간된 지 오래된 책이다.

서문이 내 처지를 두고 쓴 내용 같아서 공감이 갔다. 보통 중년의 남자들이 젊은 시절엔 나름대로 열심히 살다가 아무리 발버둥쳐도 거기서 거기를 인정하게 되면서 또 어느 순간 인생이 다 그런 거지 순응하며 사는 평범한 사람들의 이야기였다.

나는 실업자입니다

영욱은, 직장에서 쫓겨난 지 삼 개월이 지났습니다. 처음엔 얼마 만에 휴식인가 해서 즐기기까지 했습니다. 며칠만 쉬다가 다시 일을 시작하면 된다는 자신이 있었습니다. 그러나 다시 취업하는 게 생각보다 쉽지 않았습니다. 나이 제한에 걸린다거나 경력으로 들어가려면 연봉이 높아서 회사마다 경력직을 꺼리고 있었습니다.

일자리 구하는 게 계속 늦춰지자 집안에 있기가 답답했습니다. 차츰 바깥으로 나돌기 시작했고 언제부턴가 이 자리는 일터의 대리 역할을 하는 장소가 되어 버렸습니다. 일터를 잃게 된 원인이 어떤 이유이든지 모든 것을 자신의 무능력으로 여기고 있었지만 저기 보이는 바다의 넓은 맘을 닮기에는 아직 역부족인가 봅니다. 그래선지 매일매일 이렇게 담배연기에 의지하여 애써 태연한 척 하고 있습니다.

짧은 봄이 서서히 사라지면서 바람이 여름을 실어 여기저기 나르고 있는 계절입니다. 이젠 팔이 긴 윗옷이 거추장스럽고 옆에서 식어 가는 커피에도 신경이 덜 가는 그런 계절입니다. 영욱은 겨울이 아니어서 다행이라는 생각이 들었습니다.

햇빛에 눈이 부시어 살짝 눈을 감았습니다.
자신에게도 큰 꿈과 미래가 있었습니다. 학교생활과 군대생활을 연이어 무사히 끝내고 S사에 입사한 초기에는 주위의 기대와 찬사가 하늘을 찔렀고 자신 스스로도 이 세상 누구에게도 밀리지 않으리라는 용기와 자신감으로 용솟음쳤다고 생각했습니다.

지금 돌이켜 생각하면, S사에 발을 디딘 그 순간이 자신의 젊음과 꿈이 서서히 죽어 가는 출입문에 불과하였음을 알게 되었습니다. 용솟음치던 가슴이 흐르는 시간과 함께 누그러지는 것을 알게 된 것은 그리 많은 시간이 걸리지 않았습니다. 윗사람은 내 자리를 지키기 위한 멀고도 가까운 관계에 불과하였고 동료는 오늘을 살아가기 위한 한 덩이 공기였다고 말하고 싶습니다.

금방 태웠던 담배를 다시 하나 꺼내어 불을 붙였습니다. 가격이 올라서 한 갑을 사기에도 벅참을 느끼는 이 담배를 이 자리에서 벌써 몇 개째 태우고 있는지 알 수 없었습니다. 아무런 의미 없이 못난 주인에 의해 잿더미로 변하는, 존재를 인정받을 수 없는 존재. 얼마 전까지만 해도 S사에선 자신을 이 담배 한 개비로 여기지 않았을까 연결을 해보며 연기를 깊이 들이켰습니다.

온통 회색 빛깔인 바다가 눈동자에 그려집니다. 그 위에 떠 있는 몇 척의 배도 작고 허술한 통통배일 뿐 푸른 바다를 점령할 만한 거대한 함선이나 여객선은 한 척도 보이지 않습니다. 아무런 지불 없이 자유로 볼 수 있는 바다조차 한계를 보이는 자신이 자꾸 한심스럽다는 생각만 들었습니다. 이 장소를 굳이 찾는 이유는, 넓고 넓은 바다로 하여금 빼앗긴 자신의 자신감을 되찾아보려고 애써 달려온 것인데 그것조차 매번 부정의 시선으로만 보이는 자신에게 이젠 지침을 느끼기도 했습니다. 허무와 허탈함만이 급습하는 황폐한 자신의 가슴을 무뎌진 손바닥으로 쓸어봅니다.

"어디 갔다 왔어?"

들어서는 영욱에게 아내는 퉁명스럽게 물어 왔습니다.

"……?"

대답이 없는 영욱에게 아내는 더 이상 묻지 않았습니다.

영욱 또한 아내의 반응에 관심이 없었습니다. 대신,

"형구는 어디 갔어?"

"……?"

이번에는 아내가 대답을 하지 않았습니다.

"형구 어디 갔냐고."

"⋯⋯?"

같은 물음에 같은 반응이었습니다.

"에이 씨⋯⋯."

아내의 귀에 들릴 듯 말 듯 한 소리로 성질을 부리며 화장실로 들어갔습니다. 화장실로 들어간 영욱은 이미 형구의 행방을 알고 있었습니다. 단지 아내에게 특별히 할 말이 없어 물어본 것 뿐인데 아내의 반응은 자신을 짜증나게 했습니다. 이런 집안 분위기는 자신이 회사를 그만두고 불과 한 달이 지나면서 일어난 현상입니다. 사십 고개를 넘어 가면서 처음으로 쉬어 보는 시간인데 자신에겐 그만한 여유도 없는 걸까 하는 생각을 하니 화장실 변기에 앉은 기분이 더욱 비참해졌습니다.

"형구, 태권도 가고 싶어 해요!"

부엌에서 들려 오는 아내의 앙칼진 음성은 나오려던 똥을 들어가게 했습니다.

'싫어 해요.'가 무슨 말인가 시키면 그만이지⋯⋯.

두 귓구멍을 손바닥으로 막고 그거에만 집중하려 했습니다.

"너 옷이 이게 뭐야! 넌 누굴 닮아서 맨 이 모양 이 꼴이니 엉!"

화장실에서 나와 커피를 마시던 영욱은 깜짝 놀라고 말았습니다. 하마터면 뜨거운 커피를 입술과 콧등에 엎지를 뻔했습니다. 아내의 말은 자신에게 들으라고 한 말이 아니겠습니까.

"공부를 못하면 쌈질이나 잘하든가. 쌈질을 못하면 공부나 잘하든가!"

아내를 멀찌감치 쳐다보며, '어찌 교양이라곤 티끌 만큼도 없는가.' 한숨을 내쉬었습니다.

"그 자식은 경희태권도에서 젤 잘하는 애란 말이야. 금메달도 3개 은메달도 2개 땄다고!"

비수가 자신의 가슴에 그대로 꽂힘을 느꼈습니다. 모자간 대화의 중심은 초라하고 능력 없는 자신을 두고 하는 말이었기 때문입니다. 영욱은 커피가 무사히 입속으로 들어갈 것 같지가 않았습니다. 둘이 어떤 말을 하든 상관없이 이 자리를 벗어나고 싶었습니다.

영욱은 삼 개월이 지났는데도 아직도 회사의 갑작스런 통보가 믿어지지 않습니다. 이십여 년을 근무한 회사에서 막상 사무실에 자신의 책상이 옮겨지고부터는 이것이 꿈이 아니고 현실임을 알게 되었습니다. 소일거리가 없던 영욱은 낮에는 집에서 일 킬로 정도 떨어진 바닷가에서, 저녁 때는 단지 내 공원에서 어슬렁거리게 되었는데 이젠 그것이 하루 일과로 굳어져 버렸기에 집에서 나와 공원으로 향하는 발걸음은 어색하지 않았습니다.

단골로 찾는 나무 벤치 위에는 누가 먹다 버린 우유병이 놓여 있었습니다. 보통 벤치보다 조금 낮았기에 달려가서 한방 차버리면 쌓인 울분이 사라질 것 같았습니다. 그대로 골인을 시킬 수 있을 거 같았습니다. 오! 필승 코리아를 가슴으로 외치며 쏜살처럼 뛰었습니다.

"아쿠!"

아뿔싸, 벤치 위 우유병은 그대로 있고 아무런 죄가 없는 벤치 모서리만 영욱에게 한 대 걷어차이고 말았습니다.

눈에는 눈물이 찔끔 비쳤습니다. 얼마나 발가락이 아팠던지 눈물의 존재나 아픔보다는 발가락이 제자리에 있는지가 더 신경이 쓰였습니다. 얼마나 강하게 찼는지 엄지발가락은 금방 검붉게 물들고 있었습니다. 한편으로는 부러지지 않은 것만도 다행이라는 생각이 들었습니다. 통증이 서서히 사라질 무렵 무사한 다른 발로 여전히 자리를 잡고 있는 우유병을 힘차게 걷어차 버렸습니다. 이번에는 제대로 조준이 되어서 우유병은 십 미터나 날아갔습니다.

"쓰팔눔아 봤지!"

영욱은 무생명체인 우유병에게 욕설을 뱉었습니다. 하지만 무의미한 욕임을 금방 알아차리고 누가 들었을까 봐 주위를 돌아보았습니다. 아무도 본 사람은 없어서 다행이었습니다.

벤치에 앉아 호주머니에 손을 넣었습니다. 당연히 있어야 할 담뱃갑이 잡히지 않았습니다. 아무튼 요즘은 자신에게 벌어지는 모든 일이 한결같이 엉킨 실타래 같습니다. 담배가 손가락에 잡히지 않자 괜히 안절부절 못해졌습니다. 초조했습니다. 누가 볼까 봐 맨손 체조하듯 몸통을 뒤틀고 두 팔을 휘저었습니다. 앉았다 일어 섰다를 반복하고 올라가지도 않는 다리로 앞차기 뒤차기 돌려차기 옆차기 등 다리기술을 허공에 선보였습니다. 얼마 전까지 아들 형구에게 가르쳐 주었던 자세였습니다. 이젠 이런 것조차도 형구는 이런 말로 자신을 작게 만들었었습니다.

"아빠! 그렇게 하는 게 아니야. 봐, 이렇게 하는 거야!"

태권도장을 육칠 개월 다닌 형구는 이젠 아빠를 가르쳤습니다. 그러나 태권도 배우는 것을 유난히 좋아하던 형구는 얼마 전에 다니던 학원을 그만두었습니다. 어느 집 자식은 태권도뿐 아니라 영어, 논술, 미술,

피아노 등 다니는 학원만 서너 개 된다는 소리를 매체를 통해서 여러 번 들었는데 자신의 자식은 고작 유치원 하나에 모든 걸 담고 있는 현실이 더욱 가슴을 어둡게 만들었습니다.

9시 뉴스의 앵커가 마무리 인사를 하자 영욱은 일어서 작은 방으로 향했습니다. 안방은 아내에게 뺏긴 지 이미 몇 달 되었습니다. 지금부터는 채널 선택권이 아내에게 있습니다. 그나마 뉴스를 시청하는 시간만큼은 아내도 양보의 미덕을 보인 것입니다.

나는 택시기사입니다

"천상에 계신 이여 나의 기도 들어주소서

그 사람을 사랑하니 그이를 내게 주소서

이내 마음 진실하니 그대 사람 믿으소서

그이의 불행한 모든 허물을 목숨 다 바쳐 사랑하리니

도와주소서 아직은 어둠 속에 울고 있나이다

나에게 무슨 일이 생겼는지 굽어보소서

내 가슴엔 그 사람의 이름만 가득합니다

사랑으로 생긴 슬픔 내 것으로 받으리니

사랑을 맹세한 내 입술로는 세상 누구도

허물지 않으리

간청하오니 소중한 인연으로 살게⋯⋯."

동춘은 눈을 지그시 감고 자신의 감정을 최대한 끌어올려 노래를 부릅니다. 이 시간만큼은 국민가수라 일컬어지는 조모가 부럽지 않았습니다. 지금 자신의 노래를 듣고 있는 구독자 수가 일곱 명에 불과하지만 동춘에게는 청취자 수가 중요하지 않습니다. 고교 시절엔 가수가 되겠다는 신념 하나로 어울리던 친구들과 보컬을 만들어 자신의 학교나 이웃 학교의 축제 기간 동안만은 스타로 군림했던 적도 있었습니다. 하지만 열광하던 또래 여학생들, 부러워하던 남자애들은 이제 세상 어디에 살고 있는지 모릅니다.

"동춘은 아마 유명한 가수가 될 거야."

"아냐! 영화배우가 더 잘 어울릴 거 같은데?"

"동춘아, 가수나 배우를 하려면 일단 공부를 해서 대학은 가고 나서 하면 되잖아."

친구들이나 선생님이 자신의 얘기를 하면 정말 소질이 있어서 그런가 싶어 당시 그 교만함이 하늘을 찔렀습니다. 담임 선생님이 말씀하실 때는 대학을 가지 않고도 훌륭한 가수나 배우는 될 수 있다고 자신했습니다. 교만함이나 자신감이 비록 이 년 만에 저 구름처럼 바람처럼 사라져 버렸지만 동춘은 당시를 후회하지 않는다고 누가 물어봐도 한결같이 말합니다. 노래를 부르는 지금도 자신의 집안 형편이 보통 이상만이라도 되었더라면 예술대학에 진학하여 가수나 배우가 되지 않았을까 하는 안타까움이 남아 있습니다. 공부를 하지 않아서 낙방한 것이라기보다는 집안의 경제력이 떨어져 가수나 배우가 못 된 것이라는 핑계는 위안이 되었습니다.

한 곡이 끝났습니다. 스스로 생각해도 노래 실력이 좋다고 생각했습니다. 실시간이라 멘트도 간간히 합니다.

"오늘은 주룩주룩 비도 내리고 분위기도 아주 센티하네요. 다음 곡이 분위기에 꼭 맞는 곡입니다."

동춘은 곡 목록의 하나를 선택하면서 호흡을 가다듬었습니다.

"그대 사랑했던 건 오래전에 얘기지
노을처럼 피어나 가슴 태우던 사랑
그대 떠나가던 밤 모두 잊으라시며
마지막 눈길마저 외면하던 사람이
초라한 모습으로……"

동춘의 음성은 창에 부딪히는 빗물과 섞여 전파를 탑니다. 원곡자 만큼이나 듣는 이의 심금을 울리기에 충분했습니다.

"……한번 떠난 사랑은 내 마음에 없어요. 추억도 내겐 없어요. 문밖에 있는 그대 눈물을 거둬요. 가슴 아픈 사랑을 이제는……."

노래의 절정을 지나면서 동춘의 주름진 눈가엔 눈물이 맺힙니다. 아무도 봐주지 않는 연립 주택 작은 방 책상 위에서 그는 자신의 지난 사랑과 이루지 못한 꿈을 동시에 그려내고 있습니다.

그렇습니다. 이 시간만큼은 자신의 사랑과 꿈은 이루어졌습니다. 화려한 무대와 공연장을 가득 채운 인파 앞에서 최고의 실력자 각자가 내는 악기 소리에 맞춰 마이크를 입술 쪽으로 살그머니 옮겼습니다. 지그시 눈을 감고 목소리를 다듬어 한마디 노랫말을 뱉을 때마다 관객들의 함성과 박수도 들렸습니다. 그 함성의 강도가 커질 때마다 명예도 얻고 돈도 들어왔습니다. 정원과 풀장이 있는 넓은 평수의 단독주택도 지었고 하루하루 골라 타는 여러 대의 유명한 외제차도 마련했습니다. 미모의 아내와 귀여운 아들, 재롱둥이 딸도 있습니다.

"아직 안 나갔나 보네?"

"아빠아!"

아내와 아들이 부르는 소리에 얼떨결에 노래를 마칩니다. 습관적으로 시계가 눈에 들어왔습니다. 벌써 시간이 저리 지나갔나 하는 놀라움에 간단히 마무리 인사를 합니다.

"감사합니다. 또 낼모레 이 시간에 다시 만날 것을 약속드리면서 인사를 올립니다. 외출하실 때는 꼭 우산을 챙기세요. 좋아요와 구독 꼭 부탁드립니다. 안녕!"

방송을 마친 동춘은 컴퓨터의 전원을 내렸습니다. 좋아하는 일을 할 때는 시간이 참으로 빠르게 지나갑니다. 다시 세상으로 나가야 합니다.

한여름의 오후 6시는 그 뜨거움이 식지 않는 시간입니다. 그러나 오늘은 비 때문에 시원함을 느낍니다. 요즘에는 경기가 좋지 않아서 손님이 부쩍 줄었습니다. 오늘도 많은 사람들이 비를 핑계로 집에만 박혀 있어서 사납금 채우기도 힘들 것 같습니다. 그래도 핸들은 놓을 수 없습니다.

나는 노총각입니다

종호는 오늘 만날 그녀에 대한 정보를 머리에 기록하고 있습니다. 이틀 전 만났던 그 여자에게 일방적으로 당한 창피함을 생각하면서 오늘만은 실수하지 않겠다고 다짐을 반복해 봅니다.

오늘 만날 여자는 조그만 옷가게를 한다고 했습니다. 남편하고는 이 년 전에 합의 이혼하고 딸 하나와 둘이 살고 있다고 했으며 앞으로는 재혼하지 않고 지금처럼 살겠다고 했습니다. 단지 좋은 사람이 있다면 친구로서는 얼마든지 만남이 가능하다고 했습니다.

그녀에 대한 정보를 정리하면서 수시로 바뀌는 자신에 대한 이력도 다시 복습해 두기로 했습니다. 자신은 국내 굴지의 대기업체 직장인인데 지방 근무를 발령 받아 혼자 내려와 살고 있다고 했습니다. 슬픈 현실입니다. 나이가 있어선지 변변한 직장이 없으면 소개조차 받지 못합니다.

거울 앞에 섰습니다.

거무스름하고 거친 얼굴의 피부가 나이가 들어간다는 것을 알게 합니다. 마흔이 다가오지만 엊그제 갔던 사거리 호프집 김 마담은 삼십대 초반밖에 보이지 않는다고 말했습니다. 그 기분에 1000cc 호프 한잔을 더 팔아 준 일이 떠오릅니다. 이젠 상투적인 그런 인사조차 기뻐하는 나이입니다.

자신만이 아는 미소를 지으며 오늘 만날 그녀를 다시 생각합니다. 또래인데도 자칭 아가씨 얼굴과 몸매라고 했습니다. 속으로는 설마 하는 생각이 앞섰지만 왜 여자의 외모가 다른 기준보다 앞서야 되는 건지 스스로도 정확한 답변을 뱉을 수가 없습니다. 그래선지 벌써부터 궁금해집니다. 궁금증에 더 이상 거울 앞에 있기가 싫어져서 어깻죽지에 향수를 급하게 뿌리고는 화창한 봄볕을 쐬고자 방문을 열었습니다.

커피숍은 빈 테이블이 더 많이 보였습니다. 두리번거리다가 창가의 빈 의자를 찾았습니다. 설렘과 호기심으로 밖을 응시했습니다. 낯선 여자를 만난다는 것이 벌써 몇 번째입니다. 만날 때마다 설렙니다. 약속 시간이 가까이 오는데도 그녀는 보이지 않았습니다. 직원이 미리 놓고 간 냉수를 마시면서도 긴장된 마음은 여전합니다.

그녀의 SNS를 통해 사진도 보고 몇 가지 올려 놓은 일상 이야기를 봐 두었기에 어렴풋이 짐작하고 있습니다. 창밖으로 지나가는 여인들 속에 비슷한 인상도 보였으나 그들은 이 커피숍이 아닌 다른 곳으로 발걸음을 옮기고 있습니다.

조금 전에 지나간 여인의 뒷모습에선 생각하고 싶지 않은 새어머니 모습이 갑자기 떠올랐습니다. 종호는 새어머니에 대한 미움에서 언제 빠져 나올지 답답했습니다. 아마도 중2 때 사건이 가장 큰 계기가 되었을 겁니다.

친구들과 축구하다가 평상시보다 늦게 귀가하는 중이었습니다. 어차피 일찍 들어가도 집에는 아무도 없습니다. 아버지는 지방 건설현장 일로 며칠째 집에 들어오지 않았습니다. 새엄마는 집에 있어도 자신의 귀가 여부에 대한 관심은 없습니다. 집안에 혼자 있으면 초등학교 1학년 때 세상을 떠난 어머니에 대한 그리움 때문에 슬퍼집니다.

집으로 가는 도중, 골목길에서 새어머니가 어느 낯선 남자와 얘기 나누는 장면을 봤습니다. 옆으로 지나가는데도 자신의 존재는 투명 인간이었습니다. 얼마나 심각한 이야기를 나누는지 둘 다 자기 사정에 집중했습니다. 새엄마는 고개를 숙인 채 듣고만 있었고 남자는 손짓 발짓하며 뭔가 애원하듯 보였습니다. 일부러 집중은 하지 않았지만 남자의 음성 중 몇 가지는 귀에 파고들었습니다.

"당신 없이는 살 수 없습니다! 이대로 그냥 떠나면 됩니다!"

지금 생각해보니 그 남자는 새어머니를 사랑하기 때문에 함께 떠나자는 그런 요지의 말을 한 것 같습니다. 그런 말을 들었던 당시는 그 말을 제대로 이해하지 못했기에 그저 지나가는 구름처럼 흘려버렸습니다. 지금은 전후 상황을 충분히 알 수 있습니다. 왜냐면 그 날 이후 새엄마는 볼 수 없었고 아빠는 나중에 사정을 알고 거의 폐인이 되다시피 살다가 어느 날 뇌출혈로 돌아가셨습니다.

어느새 약속시간을 넘어서고 있었습니다. 덤덤하던 마음이 급해지면서 조마조마했습니다.

"저어 혹시?"

"아아? 은영씨?"

만나기로 한 그녀가 먼저 알아봤고 직감으로 그녀임을 알았습니다. 서로의 인사가 채 끝나기도 전에 종호는 또 한 번 실망했습니다.

'뭐야? 아가씨라더니? 에궁, 실망이야, 오 주여~'

종호의 실망감은 헛기침으로 나왔습니다.

"호호호, 실망한 눈치네요? 정말 아가씨로 생각했나보죠?"

"아아! 아닙니다. 오시느라 고생했습니다. 차 드셔야죠?"

종호는 소주잔을 앞에 두고 하늘을 멍하니 쳐다봅니다. 중2 때의 일은 가슴에 상처로 깊이 뿌리박혀 있습니다. 여성에 대한 혐오증이 되었습니다.

친엄마에 대한 사랑을 받기도 전에 새엄마의 배신을 겪었습니다. 자기가 낳고도 자식을 돌보지 않았던 아버지에 대한 원망도 그대로입니다. 어릴 적 겪었던 이런 일들이 아직도 고스란히 남아 있어서 씁쓸했습니다. 하지만 가장 큰 문제는 그 영향으로 아직도 홀몸이고 가진 것이라고는 몸 하나밖에 없음에도 여자의 겉만을 봅니다.

나는 영업사원입니다

칼 같은 바람이 뺨을 스치자 춥다기보다는 따갑다는 말이 더 적절한 날씨였습니다. 반코트의 깃을 잡은 손가락도 이미 얼어서 동상을 염려할 정도입니다. 그래선지 조금 전에 버스 의자에 깜박하고 놓고 내린 가죽 장갑이 그립습니다. 아무리 작은 물건도 있을 땐 귀한 줄 모르다가 없어지거나 잃어버리면 아쉬움과 미련이 생기는 그런 하루입니다.

아직도 약속 시간이 삼십여 분이 남아 있습니다. 마땅히 들어가 있을 만한 장소가 보이지 않아서 약속 장소 근처 벤치 위에서 추위와 싸우고 있습니다. 이렇게 길거리에서 누군가를 만나기 위해 서성거리는 일은 자주 있습니다.

가끔씩 지나가는 행인들도 겨울바람에 쫓겨 제 갈 길로 발걸음을 재촉하고 있습니다. 오늘따라 유난히 더딘 시계바늘이 아직도 제자리서 맴돌고 있습니다. 입술조차 얼어서 고객에게 상품에 대한 설명을 제대로 할지 의문이 듭니다. 하지만 민재의 솔직한 심정은 상품을 팔기 위한 준비보다는 어제 있었던 애인과의 이별에 대한 아픔으로 머릿속이 혼란스럽습니다.

"민재 씨, 미안해 그리고 용서해."

"……?"

"왜 아무런 말이 없어? 어떤 말이라도 해 봐!"

"내가 무슨 말을 할 수 있겠니? 이젠 기다려 달라고 할 면목도 없어……."

민재는 그녀와 사귄 이 년여 시간 동안 기다려 달라는 말을 몇 번이나 했었는지 기억이 나지 않습니다. 하지만 자신의 입장에서는 도리가 없었습니다. 남자인 입장에서 결혼 후 살림을 차릴 집 한 칸 아니 전세 비용조차 마련할 수 없다는 것은 죽어도 말할 수 없었습니다. 죽도록 사랑하는 그녀에게조차 말할 수가 없었던 것입니다.

이 겨울이 지나면 사십에 한 살이 더해집니다. 이 나이가 되도록 준비하지 못한 게 부끄러웠고 초라하게 여겨졌습니다. 그녀 또한 자신의 무능력을 알고 나면 어차피 뒤돌아설 것을 예상하고 있었습니다.

민재보다 네 살 아래인 그녀도 억울했을 겁니다. 여태껏 민재를 믿고 기다려온 이 년여의 시간이 남들이 말하는 노처녀로 만들어 버렸습니다. 하지만 돌아서는 그녀는 민재에게 미안하다는 말을 했습니다. 더 기다려 주지 못하고 여기서 돌아서는 자신을 용서해 달라는 말까지 덧붙여 말했습니다. 민재는 그녀의 말을 듣는 순간 가슴이 터질 것만 같았습니다.

아무리 힘든 외근 일도 그녀를 생각하면서 이겨낼 수 있었습니다. 비록 무능력한 자신이지만 그녀는 끝까지 믿고 따라와 줄 거라고 믿었습니다. 그 희망으로 지금까지 왔습니다. 그런데 그녀가 어제는 청천벽력과도 같은 이야기를 꺼냈습니다.

"아, 예 이민재 씨죠? 미안해서 어쩝니까. 그 물건 알아보니 저희 안사람이 다른 데서 구할 수 있다고 하네요. 다음 기회에 꼭 이용하겠습니다. 미안합니다."

고객은 자신만의 용건만 핸드폰 스피커에 대고 쏜살처럼 뱉어 버린 후 끊었습니다. 민재는 졸다가 뒤통수를 한 대 얻어맞은 학생처럼 어리둥절했습니다. 그러나 영업이란 것이 다 그런 거지 하는 담담함으로 곧 평정심을 찾았습니다. 아니 좀 더 솔직하게 표현하자면 지금은 물건을 팔아야겠다는 자세는 이미 없었습니다.

한증막은 흙내로 가득 차 있었습니다. 추위로 떨던 민재의 몸은 땀과 노폐물로 범벅되어 있으면서도 오싹오싹 한기를 느꼈습니다. 숨이 막혀 오자 습관적으로 냉탕을 들어갔지만 정신은 여전히 멍했습니다. 멍함과 피곤함과 절망감 등으로 잠을 청하기로 했습니다. 넓은 맥반석 위에 몸을 눕히자 따스한 온기가 자신의 영육을 보드랍게 감싸듯 퍼집니다.

그녀와 나누었던 이야기는 잊으려고 노력해도 영화처럼 떠오릅니다.

"민재 씨 꿈과 목표는 뭐야?"

"꿈? 음, 꿈은 너와 결혼해서 아들딸 낳고 행복하게 사는 것이고 목표는 그런 꿈을 이루기 위해 노력하는 것이지. 나의 사랑스런 2세와 당신에게 평생 든든한 후원자가 되는 것. 그게 꿈이자 목표야!"

"꿈이나 목표나 그게 그거네?"

"물론, 난 그렇게 생각해. 인생의 최종 목표는 행복에 있다고, 보통 사람들도 대개 나처럼 생각하지 않을까 싶어. 하지만 일부의 사람은 그런 평범한 진리를 모르는 것 같아. 돈이나 권력, 명예 등에서 그런 행복의 진리를 찾으려 하거든."

"돈과 권력을 가지고도 행복할 수 있지 않겠어? 무능력한 자들의 핑계에 불과한 것 같은데?"

"바보야, 하늘은 인간에게 공평하게 뭔가를 나누어 주잖아. 돈과 권력 등이 있으면 반대로 불편한 걸 주지. 그런 사람 치고 순탄한 삶을 보지 못했거든."

"하지만 난 반대야, 일단 갖고 난 후 행복을 이야기하고 싶어."

그녀는 욕심이 있었습니다. 항상 얘기를 나누다 보면 결말 부분에선 자신이 살아온 인생에 대한 보상 심리와 뭔가를 기대하고 바라는 눈치가 있었습니다. 민재는 그런 그녀에게 그 어느 것도 채워줄 수 없음을 자주 느끼면서도 특별하게 그 기대에 대한 명쾌한 답을 주지 못했습니다.

"혹시 말야, 결혼을 하는 데 있어 사랑과 배경 중 어떤 것이 앞서는 게 좋을까?"

"그거야, 남녀가 시작하는 데 있어서 그 시작이 빠를 땐 사랑이 먼저고 늦을 때는 배경을 무시할 순 없을 거 같아."

"시작의 기준이 뭐라는 거니? 나이?"

"응, 가장 단순하게 말하자면 나이가 되겠지?"

"그래? 그럼 너와 나 사이는 뭐가 될까?"

"우리 사이? 나이로 치자면 후자에 가깝지 않을까?"

민재는 그녀의 대답에서 여러 번 말문이 막혔습니다. 돌이켜 보니 그녀는 자신에게 많은 걸 기대하고 있었던 것 같습니다.

어려운 가정 형편에서 세 명의 어린 동생들을 돌보느라 결혼이 늦은 그녀에게는 어쩌면 당연한 사고라고 생각했습니다. 단지 자신의 무능력으로 사랑하는 그녀를 채워 줄 수 없음이 항상 마음에 걸려 있었습니다.

+ + +

읽을수록 답답했다. 등장인물들이 전부 자기처럼 지지리 궁상이다. 책을 뒷자리에 던졌다. 저장된 다른 기억을 찾아내기 위해 뇌를 가동했다.

회사를 퇴직하고 자영업을 시작했다. 다니던 회사가 필요로 하는 각종 인테리어 자재를 주문받아서 공장에서 낮은 가격으로 구입해 이문을 붙여 납품하는 중간 유통업체였다. 처음 2년 동안은 예우 차원에서 주문량이 많았다. 수입도 월급 생활 때보다 배는 많았다. 그러나 일을 밀어주던 사장이 갑작스럽게 숙환으로 고생하다가 별세하신 후 주문량이 뚝 끊겼다. 회사를 물려받은 아들과는 인연이 없었기 때문이다. 처음부터 그 회사만 바라보고 시작한 사업이라 어찌해야 할지 현재까지도 방법을 찾지 못했다.

열심히 일해도 모자랄 판에 여기서 무엇을 하는지 스스로도 짜증이 났다. 일거리가 없으면 적극적으로 찾아 나서야하는데 꼭 세상을 포기한 사람 같았다. 오늘도 마찬가지다. 아침부터 텅 빈 사무실에서 시간제 아르바이트인 미시즈 김과 단둘이 있기가 어색해서 나왔다. 이젠 그녀의 급여조차도 부담이다. 오늘은 마침 봉급날이다. 그녀에게 마지막 월급을 지급하면서 해고도 해야 한다.

그런 답답한 와중에도 그 애가 생각났다. 잘 살고 있는지 궁금했다. 커피 잔을 내려놓고 핸드폰을 들었다. 그 애의 이름을 검색했다. 웃고 있는 프로필 사진이 그대로다. 여전히 예쁘다. 사진만 봐도 가슴이 뛴다. 한편으로는 한심스럽다. 언제까지 이 애를 회상하면서 살아야 하는지. 우울증상이 일어날까 봐 일부러 다른 생각과 행동을 찾았다. 커피 잔을 들고 창가로 향했다.

5층 빌딩의 3층에 있는 작은 사무실이다. 전면이 다 강화 유리로 되어서 바깥 풍경을 보기가 좋다. 겨울다운 날씨다. 하늘은 먹구름 때문에 파란 색이 아예 보이지 않았다. 눈은 더 굵어지고 바람은 더 강해지고 있다. 도로는 아직 눈이 쌓일 정도가 아니었다. 내리기가 무섭게 자동차의 열로 녹아 버리고 있기 때문이다. 반면 붉은 벽돌로 된 인도는 서서히 얼굴이 가려지고 있었다. 오히려 붉은 색보다 하얀 색이 더 보기 좋았다. 빌딩이나 아스팔트 도로, 붉은 색 인도가 눈으로 덮이면 짜증도 두통도 사라질 것 같았다.

어느 대기업 총수는 젊은 시절, 하루가 시작되는 새벽 무렵엔 그

날 할 일과 돈 벌 일에 흥분이 되어서 표정 관리 하기조차 힘들었다고 했다. 그의 젊은 시절과 같은 연배인 자신은 일이 아니라 틈만 나면 그 애를 생각하고 그날만 떠올린다. 그러면서도 아무런 행동도 하지 않는다. 생각거리 상대가 되어 버린 그 애가 이런 비겁한 마음을 알면 얼마나 실망할까.

습관적으로 그 애가 그리워지면 컴퓨터를 켜고 폴더 하나를 클릭한다. 오늘도 사무실에서 나오기 전에 봤다. 톡에서는 전부 지웠지만 그 애와 주고받았던 내용 중에 몇 개만 저장해 두었다. 집착이라고 해도 좋고 궁상이라고 해도 좋다. 누가 뭐라 한들 내 인생 내가 살지 누가 대신해 줄 순 없다. 이렇게 사는 것이 위안이자 행복이다. 그 애에게 보낸 내용 중에 하나다.

'어젠 잘 들어갔니? 늦은 시간까지 답답해하는 나에게 이런저런 희망의 메시지를 주어서 감사해. 어제 나눈 대화는 마음이 편했고 행복했어. 항상 나를 염려해 주어서 감사하다는 말은 거듭 전하고 싶네. 무거운 심적 공황상태에서도 남을 배려하는 따뜻한 맘 존경해. 남자인 내가 그 맘을 다 이해한다고 말할 순 없겠지만 나에게 용기를 준 것처럼 나도 용기를 주고 싶어. 암튼 기운내고 나도 담대함을 기를 수 있도록 노력해 볼게.'

파일이 저장된 날짜를 보니 그 애를 만난 지 일 년이 지난 시점이다. 그 애는 자신의 가치관이나 이혼한 남편과의 갈등, 최근 시작한 공부 내용을 주로 이야기했다. 남의 이야기지만 마음이 아팠던 기억이 있다. 어쩌면 경제적인 문제로 고통을 겪는 것보다 더 힘들 거라고 생각했다. 그토록 힘들면서도 타인에게 자신감과 에너지를 불어넣어 주는 사람이다. 그 애를 아직까지 마음에서 버리지 못하는 이유, 사랑하는 이유다.

모니터를 내리고 마시던 커피를 들고 창가로 갔다. 이젠 도로까지 듬성듬성 하얗게 변해 있었다. 아린 가슴이 읊조렸다.

'오늘 아침은 지금 내리는 눈이 세상을 온통 하얀 색으로 칠할 거 같네. 거기는 어떠니? 오늘 같은 날은 눈을 핑계로 만났으면 좋겠다는 생각이 든다. 너무 보고 싶다. 보고 싶은데도 보자고 할 면목이 없어. 어찌해야 하는 거니?

요즘은 전보다도 서민들이 살기에는 더 어려운 시절인가 봐. 많은 사람들이 힘들었다는 IMF 시절에는 직장인으로서 주어진 시간 주어진 대로 일을 하면서 나오는 봉급 대로 살았어. 지금은 나 혼자의 힘과 능력으로 이겨내고 살아야 하는데 현재는 나의 무능력이 그저 답답할 따름이야.'

다시 책상으로 돌아와 다른 제목의 글도 클릭했다. 금방 생각했던 내용이 담긴 글이다.

'우습게 들리겠지만 가끔은 남자로서의 나 자신이 너무나 볼품이 없을 때가 있어. 부모님을 탓하기도 하고 세상을 원망하기도 하면서 왜 나만 이렇게 고생을 하여야 하는지 원망, 좌절, 불평불만……

네가 말했지, 세상을 창조하신 하나님이 자신의 명령을 어긴 아담과 이브에게 다음과 같은 죄에 대한 벌을 내리셨다고. 남자에게는 일을 해서 가족의 생계를 꾸려 가야 하는 벌을, 여자에게는 해산의 고통을. 글쎄, 그 넓으신 창조주의 뜻을 나 같은 미력한 사람이 어찌 다 알겠니. 다만 남자에게는 기본적으로 일을 할 수 있는 능력만큼은 부여하신 거 같은데, 요즘처럼 일을 하지 않는 내가 과연 남자의 자격이 있다고 말할 수 있을까? 경기 탓으로 이런 내 자신을 합리화하고 있지만 그것이 얼마나 우스꽝스러운 핑계인지는 삼척동자도 다 알잖아.'

"사랑의 감정은 호감과 흥분에서 시작돼서 끝에서는 그리움으로 변하는 것 같아요. 그토록 사랑했던 사람과의 사랑도 이러할진대, 사랑인지 우정인지 정인지 뭔지도 모르고 결혼해서, 애도 없이 사는 여자의 일생이란 참 비참하다는 생각을 했어요. 그 원인이 내가 아닌 다른 사람에게 있는데도 할 수 있는 게 아무것도 없었어요. 참 싫어요. 하지만 선택과 결정은 내가 하는 거잖아요. 제가 어느 순간 뒤도 돌아보지 않고 도장을 찍든, 찍지 않고 누르고 그냥 살든, 그게 내일을 결정하는 거잖아요."

그 애는, 사람마다 사는 모양이 다 다르고 한두 가지 고민은 누구나 있다고 했다. 누구는 경제적인 문제로 또 어떤 이는 그런 경제적인 문제보다 더 큰 고뇌와 번민으로 또 누구는 질병으로. 모든 인간은 각자의 아픔을 딛고 더 나은 내일을 살기 위해 각자 위치에서 나름대로 열심히 사는 게 인간의 의무이자 책임이라고 했다.

+ + +

누군가 다가오는 발자국 소리에, 모니터 화면을 내렸다.

"일찍 나오셨네요. 사장님! 어? 벌써 커피 타셨네요? 제가 타 드린다니깐요."

항상 밝은 얼굴인 미시즈 김은 오늘도 어제와 다름없었다.

"눈도 많이 내리는데 출근하느라 고생했지요? 애를 둘이나 키우며 아르바이트 하는 거 쉽지 않을 텐데 항상 밝고 명랑한 힘이 어디서 나와요?"

"어머, 사장님도. 당연히 감사하지요. 요즘 같은 세상에 애가 둘인 사람이 일할 수 있다는 게 얼마나 감사한 건데요. 이런 여건에도 일할 수 있는 것과 건강한 것과 모든 게 감사하지요."

감사하다는 말에 미안했다. 오늘이 마지막인데 어떻게 말해야 할지 벌써부터 걱정이 앞섰다.

"내가 아는 어떤 사람도 팔자가 참 세고 기구한데, 그 환경을 떨치고 일어나 공부도 하고 강의도 하고 그 사람도 미시즈 김처럼 항상 밝고 건강한 삶을 살고 있네요. 둘 다 어떤 비결이 있나 봐요?"

"세상만사 마음먹기에 달려 있다는 말도 있잖아요. 모든 문제를 근원적으로 해결할 수 있는 방법이 있다고 한다면 믿겠어요?"

미시즈 김의 다음 말은 뻔하다. 그녀는 크리스천이다. 여러 번 수다 중에 들었기 때문에 다음 말도 예상이 됐다.

"교회에 나가 보세요. 저는 말주변이 없어서 그저 그 말밖에 못 하겠지만 우리 인간의 문제를 해결해 주는 분은 하나님밖에 없거든요. 사장님 이 노래 한번 들어 보실래요? 요즘 제가 흥얼거리는 노래예요."

"아침부터 뭔 노래인데요? 톡으로 보내 줘 보세요. 외근 나갈 거니깐요. 그리고 저녁에 할 얘기 있으니 그리 알고 계시고요. 잠깐 나갔다 올게요."

사실 갈 데가 없었다. 성인 남녀가 일거리 없이 사무실에서 멍하니 앉아 있는 게 더 불편했기 때문에 나온 것이다. 서해안 쪽으로 방향을 잡고 달렸다. 도로가 출발할 때보다 더 미끄러웠다. 브레이크를 밟아도 차선을 넘는 게 일쑤였다.

객기부릴 때가 아니었다. 도로 옆 공터에 차를 세웠다. 눈이 그치든지 완전히 녹으면 가야겠다고 생각하고 운전석을 뒤로 젖히고 비스듬히 누웠다. 시동을 껐는데도 차 안은 생각보다 춥지 않았다. 두꺼운 점퍼를 입고 나오길 잘했다고 생각했다.

핸드폰 진동이 울렸다. 미시즈 김이 보낸 유튜브 영상이었다. 광고를 스킵하고 영상을 눌렀다.

'좋은 집에서 말다툼보다 작은 집에 행복 느끼며
좋은 옷 입고 불편한 것보다 소박함에 살고 싶습니다.
비가 오거나 눈이 오거나 때론 그대가 아플 때도
약속한 대로 그대 곁에 남아서 끝까지 같이 살고 싶습니다.
위급한 순간에 내 편이 있다는 건 내겐 마음의 위안이고
평범한 것이 얼마나 소중한지 벼랑 끝에서 보면 알아요.
하나도 모르면서 둘을 알려고 하다 사랑도 믿음도 떠나가죠.
세상 살면서 힘이야 들겠지만 사랑하며 살고 싶습니다.'

아리따운 여가수가 노래했다. 가사 내용이 가슴에 남는 게 많았다. '위급한 순간에 내 편이 있다 건 마음의 위안이다.', '평범한 것이 얼마나 소중한지 벼랑 끝에서 보면 안다.', '세상 살면서 힘이야 들겠지만 사랑하며 살고 싶다.'라는 잔잔한 멜로디와 함께 마음을 편하게 해줬다.

가장 힘들 때 누가 내 편이었는지 생각해 봤다. 그 애였다. 그래선지 그 애가 더 보고 싶다. 어쩌면 당시 그 애를 만난 것은 행운이었다. 생각해 보니 그 애를 처음 만난 장소가 여기서 멀지 않았다. 눈이 멈추거나 도로가 녹으면 그 방향으로 차를 몰아야겠다.

만남
우연한 만남

간신히 장례를 치르고 삼 일이 지났지만 아직도 꿈꾸는 것 같다. 이게 현실이라면 아내 뒤를 따라 가야 한다. 죽을 날짜를 정해놓았다. 한반도를 일주일 동안 무작정 돌아다닌 후 마지막 날에 하늘로 갈 계획이다. 이미 마음속에는 하늘행 승차권을 간직하고 있다. 오늘이 삼 일째다. 이제 딱 반이 지났다. 앞으로 삼 일 후면 이 세상에 없다.

오늘도 여전히 특별히 목적지를 정하진 않았다. SUV는 힘이 좋아서 경유만 제때 넣어주면 한없이 달릴 수 있기 때문에 운전하는 게 싫어지면 아무 장소에서나 정차하면 된다. 첫날은 서해안고속도로에 올랐다. 선운산에 잠깐 들렀다가 지도상 맨 아래에 있는 목포까지 달렸다. 낙지볶음밥으로 저녁을 때우고 모텔에서 잠자리도 해결했다. 둘째 날은 남해안을 끼고 여기저기 무작정 돌아다니다 부산을 지나 울산에서 잤다.

삼 일째다. 포항을 거쳐 삼척, 동해 쪽으로 갈 것 같다. 일단 우유 하나로 아침을 때웠다. 먹는 것도 싫다. 가다가 배고프면 차 세우고 식당 간판이 눈에 띄는 곳으로 가서 골라 먹으면 된다. 먹고 싶지 않았지만 마지막 날까지 날짜를 채우려면 먹어야 한다고 생각했다.

시동을 켜고 포항 이정표 대로 방향을 잡았다. 시내를 벗어나자 도로는 한적했다. 60km라는 속도 제한 표지판이 보였다. 수치는 중요하지 않았다. 지금 속도위반을 한다 해도 위반딱지는 사라진 후에 날아온다. 어차피 날아 와도 현재 주소지엔 아무도 없다. 최고 속도로 달렸다. 내비게이션에서 속도위반 음성과 신경질적으로 깜박이가 울려대도 무시했다. 창문을 열어 동해의 바다 냄새를 맡았다. 속도를 높일수록 가슴에 쌓인 게 떨어져 나올 거라 생각했다. 이상하다. 달릴수록 더 우울해진다.

처음엔 인정할 수 없었다. 건강했던 사람이 그리 쉽게 눈을 감을 줄 몰랐다. 다른 사람들이 죽어 나가면 때가 되어서 저승사자가 데리고 간 것이고 특히 일찍 죽는 것은 자기 업보라고 여겼다. 막상 한 공간에서 함께 숨 쉬던 사람이 죽고 보니 망치로 뒤통수를 맞은 것보다 힘들었다. 인생이 허망하다는 것도 절감했다.

직장도 그만두었다. 퇴직금을 통장에 고스란히 넣어 두었다. 월급날만 되면 꼬박꼬박 원금과 이자를 갚아 나갔던 아파트도 팔아

버렸다. 만기가 3개월 남은 적금통장도 실비나 적금보험도 다 해지했다. 전 재산을 하나밖에 없는 딸 이름으로 바꿔 처제에게 전해 주었다. 앞으로 딸은 미국에서 혼자 살고 있는 처제가 키워 줄 것이다. 이미 딸과 처제에게 통보하다시피 전했다. 현금 일부로 작은 원룸을 계약하고 버리지 못한 소파와 침대, 가구와 가전제품 일부를 넣어 두었다. 핸드폰도 이미 첫날 버렸다. 아무에게도 연락할 수도 없고 받을 수도 없다.

호주머니에 공기만 채우고 저 하늘로 갈 것이다. 넓은 세상에 오직 이 차와 내 몸 하나만 남았다. 어차피 삼 일 후면 자신은 바람처럼 이슬처럼 이 세상에 아무런 흔적도 없다.

잠시 쉬었다 갈까 말까 머뭇거렸다. 먹고 잠자는 시간 외에는 달리기만 했으니 차도 쉬는 건 당연하다. 얼마나 달렸을까. 막 지나면서 본 이정표가 동해였으니 곧 강릉이다. 조금만 더 참고 가서 강릉에서 쉬어야겠다고 생각했다.

역시 강릉은 참 좋은 도시다. 비록 며칠 후면 다시 못 올 도시지만 왜 많은 사람들이 자신의 희로애락을 한 아름씩 가지고 와서 여기에다 날려 버리는지 알 것 같았다.

철썩거리는 파도가 반겨준다. 동해바다 모래가 이토록 부드러운지는 몰랐다. 신발을 벗고 바지를 무릎까지 올렸다. 모래와 바다 경계선에 서자 2미터 앞에서 철썩거리던 파도가 엄청난 속도로 밀려온다. 발이 시렸다. 발가락부터 정수리까지 시원한 전기가 흐르듯 오싹해졌다. 팔에 닭살이 돋았다. 다시 뒤로 몇 걸음 나왔다. 그냥 모래 위를 걷는 게 더 좋을 것 같았다. 부앙, 하는 보트 소리가 났다. 하늘과 바다가 만나는 수평선 근처에는 보트 한 척이 엄청난 속도로 달리고 있었다. 보트가 자신의 처지와 비슷하다. 곧 저 하늘로 갈 보트가 그 경계선에서 마지막 노래를 부르고 있다.

해변도로 길가에 각기 인테리어가 다른 커피숍이 줄지어 있었다. 저기가 그 유명한 커피거리다. 커피를 좋아하면서도 한 번도 와보지 못했던 명소다.

하얀 바탕에 검정 글씨로 된 가게가 눈에 띄었다. 카페 상호가 영어인지 불어인지 모르겠다. 무작정 들어가서 평소 마시던 달달한 카페 라테와 호밀빵 한 조각을 주문하고 대형유리 앞에 있는 의자에 앉았다. 조금 전 걸었던 벌판이 한눈에 들어 왔다. 수평선에서 쏜살처럼 달리던 보트는 아예 보이지 않았다. 자신보다 먼저 하늘로 간 게 확실하다.

카페 라테 한 모금으로 목구멍을 적셨다. 달달해선지 기분이 좀 나아지는 느낌이다. 기분이 좋아지면 안 된다고 생각했다. 이러다 죽겠다고 결심한 마음이 바뀔 수 있기 때문이다. 아직도 삼 일 남았다.

인간은 누구나 태어나서 때가 되면 죽는다. 아내가 갑작스럽게 죽었듯이 자신도 죽는다. 병으로 죽든 사고로 죽든 자살로 죽든 죽는 거는 매한가지다. 인간은 죽는 것은 다 알고 있지만 언제 죽을지는 모른다. 지금의 자신처럼 내가 날짜를 정해 놓고 죽는 건 특별한 경우다.

인간은 사는 동안 크고 작은 일들을 결정하고 선택하며 산다. 그 결과로 내일 삶이 달라진다. 성공과 실패의 판단은 사람들이 각자 어떤 가치에 무게를 두느냐에 따라 결과가 달라진다. 나의 인생에 어떤 가치에 무게를 두고 사느냐에 따라 성공 여부가 결정된다는 말이다. 남자로 태어나서 이렇게 죽는 것은 실패일 것이다. 이름 석 자 남기지 못하고 죽는 건 실패다. 자기 인생은 온통 실패투성이다. 역시 곧 죽을 사람에게 철학이나 사색은 어울리지 않는다. 철학적 의문은 준비되지 못한 자에겐 졸음을 불러 온다.

+ + +

"매일매일 온통 술로 산 사람이에요. 물론 어제도 술주정하는 소리까진 들었지만……. 그러다 잠들고 다음 날 또 그러고……."

"어제는 다른 날하고 특별히 다른 게 없었습니까? 예를 들면, 안 하던 말이나 행동 같은 거요?"

"글쎄요. 항상 그랬듯 봉지에서 병 부딪히는 소리가 났으니깐 또 술 몇 병 사온 거 아니겠어요. 에휴, 맨날 제대로 된 안주 없이 마셔대는 꼴이란……. 암튼 너무 안됐어요."

"아예, 암튼 고맙습니다."

김 순경은 주위 사람들을 통해 동민이라는 사람의 평소 삶을 알게 되었다. 부검을 통해서 자살로 최종 결론이 나왔다. 술에 다량의 수면제를 넣고 마신 것이다. 한 중년의 남자가 이렇게 세상을 뒤로하고 하늘로 갔다.

김 순경은 조사 중에 발견한 그의 유서가 된 메모를 봤다. 내용만 보면 그가 죽음을 택한 이유는 아내와 사별 후 아픔과 슬픔 때문이었다. 경찰관 생활을 시작해서 많은 사건 사고를 겪었지만 아내 죽음 때문에 자살까지 이르게 된 건 극히 드문 경우다. 아무리 힘들어도 죽을 힘 있으면 얼마든지 살 수 있기 때문이다.

"에궁, 이 바보 같은 놈아. 그런 일로 죽으면 이 세상 사람 중에 살 사람 별로 없다. 이 바보, 멍청이 동민아!"

+++

경찰이, '이 바보, 멍청이 동민아!'라고 이름을 크게 불렀다. 그 소리에 놀라 잠이 깼다. 오 년 전 강릉 커피거리에 있던 카페에서 꾸었던 내용이다. 이 꿈을 아직도 가끔씩 똑같이 꾼다. 그 꿈만 꾸면 하루 일과가 영 어둡다. 밖을 보니 함박눈은 이미 세상을 하얗게 덮었는데도 계속 내린다. 날씨만 봐도 오늘 일정이 예상된다.

이미 가게로 진입하는 도로 양쪽에는 눈으로 만들어진 크고 작은 하얀 산 네 개와 어른 눈사람 아이 눈사람도 각각 두 개씩 만들어져 있다. 합판으로 만든 밀대로 눈을 모아서 만든 작품이다.

기분을 살리려고 다시 밀대를 잡았다. 몇 번을 쓸고 밀어도 자꾸 쌓이자 이내 포기하고 눈보라에 쫓겨 들어왔다. 잠시 쉴 겸 열린 창문으로 하얀 바깥세상을 바라보다가 얼른 창문을 닫았다. 아침 일기예보에서 오늘은 눈만이 아니라 찬바람까지 불어서 체감온도가 무려 영하 10도까지 내려간다는 소리를 들었기 때문이다. 오늘은 오는 손님이 없을 거라고 확신하고 카운터 옆 쪽방으로 들어갔다. 눈을 여러 번 쓸고 밀었던 게 힘들었는지 피로함이 몰려 왔다. 등받이 쿠션에 허리를 기대고 비스듬히 누웠다.

+++

카페에서 졸다가 나왔다. 서서히 어둠이 깔리는 바닷가는 도착했을 때보다 더 운치가 있었다. 하늘과 바다 경계선에 노을이 벌겋게 타고 있었다. 저 노을조차 오늘이 마지막인 것 같아 한참을 물끄러미 쳐다봤다.

여름에는 발 디딜 틈이 없던 해수욕장이 을씨년스러웠다. 갈매기 몇 마리가 모여 있는 쪽으로 갔다. 모래벌판에 먹이가 있는지 의심스러웠다. 가까이 가도 갈매기는 자신을 무시하듯 꼼짝하지 않았다. 존재감이 없어선지 한 번도 쳐다보지 않고 오로지 눈과 부리는 먹이만을 찾아 쪼아 대고 있었다. 오히려 철썩철썩 노래하던 파도가 반갑게 손짓했다.

저 멀리 등대가 있다. 무심코 가보고 싶었다. 거리가 얼마나 되는지는 중요하지 않았다. 목적지가 있다고 생각하니 다리에 힘이 들어갔다. 며칠 후면 죽을 사람이 기운이 솟으면 안 될 거 같아 얼른 기운을 뺐다. 지금은 최악의 감정을 유지해야 한다. 그래야 삼일 후 생명을 아쉬워하지 않고 단번에 갈 수 있기 때문이다.

등대 쪽으로 다리를 옮겼다. 보기와 다르게 꽤 먼 거리다. 이십여 분을 걸었다. 등대 근처에 다다르자 방죽 맞은편에 여자 혼자 쭈그리고 앉아 모래 위에 손가락으로 뭔가를 쓰고 있었다. 이 넓은 백사장에 사람이 있다는 게 반가웠다. 아니다. 사람도 반가워 선 안 된다. 아는 척 할 필요가 없다. 못 본 척 지나가야 한다.

등대 주위를 멍 때린 채 일곱 바퀴 돌았다. 데카르트가, '나는 생각한다. 그러므로 나는 존재한다!'라고 했다. 데카르트도 소크라테스나 플라톤도 생각하며 살라고 했다. 이들은 생각하는 인간과 이성의 역할을 강조했다. 생각과 이성의 능력으로 신이 창조한 세계를 알아 가야 한다고 했다. 그들은 내게 실수했다. 신이 있다면 이제 사십대인 아내를 데리고 가면 안 된다. 어린 딸도 엄마의 손길이 필요한 중학생이다. 신이 있다면 뭔가 잘못된 것이다.

일곱 바퀴를 멍 때렸다가 생각하는 자신에게 웃음이 났다. 어차피 삼 일 후면 나의 존재는 없는데 웬 철학과 신을 생각하고 있는 건지. 그러니 생각할 필요가 없다. 눈동자를 여자가 있던 쪽으로 돌렸다. 보이지 않았다. 여자는 어디론가 사라졌다. 여자에게 뭔가를 기대했었는지 아쉬움이 쓰윽 지나갔다.

두 바퀴를 더 돌고 오던 쪽으로 걸었다. 열 바퀴를 채울까 하다가 이 또한 의미가 없다고 생각했다. 이쪽으로 올 때 여자가 모래 위에 뭔가를 썼다. 궁금했다. 흘깃 쳐다보니 알파벳 'LOVE'가 써져 있었다. 그 여자는 사랑 때문에 이런 음습한 날 여길 온 건가라고 추측했다. 인간은 사랑 때문에 울고 웃고 한다더니 그 말이 딱 맞는 것 같았다. 조금 싱겁다는 생각이 들을 찰나 투명 인간처럼 여자가 나타나 말을 걸었다.

"LOVE의 의미를 아세요?"

"네에?"

초등학생들도 알 수 있는 단어를 여자가 물었다. 엉뚱한 여자라고 생각했지만 음성은 참 고왔다.

"물론 당연히 아시겠지요? 음 하나 하나를 갈라서 LOVE를 해석할 수 있냐고 질문한 거예요."

"사랑, 별로 관심 없습니다. 어차피 이젠 필요 없습니다."

"호호호, 곧 죽겠다는 말씀이네요. 그렇다면 그냥 가세요. 죽을 사람이 사랑을 알면 뭐하겠어요. 답할 의무가 있는 건 아니지요."

두 번째로 엉뚱한 여자라고 생각했다. 왠지 낚인 기분이 들었다. 사실 LOVE란 단어는 초등학생도 안다. 하지만 하나하나의 음의 뜻이 무엇인지 알지도 못하고 생각해 본 적도 없고 알고 싶지도 않았다. 죽을 사람이 사랑을 알면 뭐하나 싶었다.

이십여 미터를 걷다가 뒤를 돌아봤다. 그녀는 그 자리에 구부린 자세를 유지하고 있었다. 보면 볼수록 참 독특한 여자다. 혹시 머리가 약간 틀어진 여자인가 의심도 했다. 저 여자는 무엇 때문에 이 시간에 혼자서 모래하고 친구하고 있을까. 혹시 나처럼 죽으려고? 갑자기 동병상련일지도 모른다고 생각했다.

특별히 할 일도 없다. 남는 건 시간뿐이다. 지금 모래벌판을 벗어나면 차에 타든지 식당으로 가야 한다. 시계를 보니 6시다. 육지보단 밝다. 아마도 바다와 모래 영향 때문일 것이다. 해가 기울면서 이 넓은 세상에 혼자라는 생각이 들자 갑자기 겁이 덜컥 났다. 낼 모레 죽을 사람이 혼자인 것을 두려워하는 건 어떤 의민지 스스로도 갸우뚱했다. 뭐가 뭔지 모르겠다. 죽을 때 죽더라도 저 여자와 이야기하고 싶어졌다. 어슬렁어슬렁 그 쪽으로 다가갔다.

"LOVE 중 L은 Laugh예요. 단어대로 해석하면 '웃다'인데 좀 더 정확히 풀이하면, '소리 내어 웃다'이지요. O는 OK인데요. 우리가 다 아는 대로 '좋다' 상대방에 대한 나의 반응을 말하지요. 즉 항상 상대방을 인정하고 긍정적으로 대하고 받아들이라는 뜻이에요. V는 Victory의 V인데 '승리'를 말해요. 내포된 정확한 뜻은, '상대방의 고통이나 역경에 동참해서 함께 적극적으로 이겨낸다.'란 의미가 더 정확할 거예요. E의 Enjoy로 동사예요. '무엇을 즐기다. 어떤 것을 만끽하다.' 아마도 '인생을 즐기다.'가 가장 적절하다고 봐요.

음 하나 하나가 혼자서는 할 수 없고 함께 해야 한다는 근본적인 뜻이 다 담겨 있어요. 그것이 LOVE지요. 사랑이지요. 어떤 작가가 쓴 건지 참 대단하지요?"

이름도 모르는 이 여자는 동민이 여기로 올 것을 이미 확신하고 있었다. 동민이 서너 발 앞에 다다르자 기다렸다는 듯이 LOVE의 각각의 음을 설명했다. 여자 말대로 참 재밌고 절묘한 해석이다.

"LOVE에 그런 깊은 뜻이 있었군요? 근데 그것을 제게 구태여 설명하는 이유가 뭔가요? 저는 당신과 하등 관계가 없는 사람인데."

"호호호, 그래요? 전혀 관계가 없지요. 아세요? 당신의 얼굴을 파도에 비춰 보세요. 사랑 때문에? 연인 때문에? 아니면 삶 때문에? 나 힘들다고 쓰여 있잖아요. 근심이 가득하다고요."

'맞는 말이긴 한데 좀 엉뚱한 분이네여……'

들킨 기분이다. 초췌한 얼굴이 타인의 눈에도 보이나 보다. 입술이 닫힌 상태로 소리 나지 않게 말했다.

"아세요? 세상 모든 일은 내 뜻대로 되지 않아요. 사람을 만나는 것도 헤어지는 것도, 사는 것도 죽는 것도, 지금 이렇게 넓은 바다를 앞에 두고 만나게 된 것도 우연일까요, 필연일까요? 혹시 누군가와 이별해서 아파서 여기에 온 거면 바람과 파도에 실어 다 날려 버리세요. 그리고 새로운 사람을 만나 사랑을 하세요. 사랑은 사람을 살게 하는 힘이 있어요."

자기와 상관없는 이야기라 싱거웠다. 아내는 이미 죽었고 나도 삼 일 후면 죽는데 새로운 사람을 만나 사랑하라니.

"그렇긴 하네요. 우연인지 몰라도 저기에 있다가 반대로 갈 수도 있었는데 등대를 보고 이쪽으로 왔어요. 여기 사람이 있다고 생각해 보지 않았거든요."

비겁했다. 다시 새로운 사람을 만나 사랑하는 게 사람이 사는 힘이란 말은 무시하고 이야기하고 싶었다는 속마음을 우연을 앞세워 에둘러 말했다.

"맞아요. 저도 당신을 만나겠다고 예상하지 않았어요. 그냥 이 시간에 여기로 온 것뿐이지요. 이게 사는 거고 순간순간 만나는 인연과 호흡하며 사는 거예요. 우린 그걸 인생 또는 삶이라고 하지요. 사랑도 마찬가지예요. 내가 사랑하고 싶은 사람이 있다고 사랑이 다 연결되진 않아요. 또 난 싫은데 내가 좋아 죽겠다고 상사병에 걸리는 사람도 있어요. 참 희한하죠? 사랑은 삶이고 삶은 사랑이기 때문에 그런 거라고 하더군요. 그 둘을 분리하면 사는 게 힘들어져요. 당신도 여기에 온 게 그런 이유가 아닐까 조심스럽게 예상해 보네요. 지금의 저나 당신처럼 생각지도 않았는데 사람을 만나고 헤어지고 하는 거지요."

'그런가?'

또 입술이 열리지 않았다. 소리 나게 대답하면 안 될 것 같다는 생각뿐이다.

"숨기실 거 없어요. 인정할 건 인정하셔야죠. 사람인데. 암튼 특별한 뜻이 있어 말한 게 아니에요. 그렇다는 거지요."

"말씀은 고마운데 고개를 들고 말하는 게 예의가 아닌가요. 고개를 푹 숙이고 아무리 길거리서 첨 봤다 해도 그건 상대를 무시하는 처사가 아닌 가요?"

그랬다. 이 여자는 좀 전이나 지금이나 자신을 없는 사람 취급했다.

"왜 그렇게 생각하세요. 본인도 그냥 지나치려다 돌아온 것 뿐 그 이상도 그 이하도 아니었잖아요. 아무 사이도 아니고 그냥 등

돌리면 스쳐간 바람일 뿐인데……."

"하긴 그러네요."

"호호호, 인연이요? 그러네요. 이 자리서 두어 시간을 쪼그리고 있었는데……. 서너 명이 지나갔지만 서로 말을 이은 건 그쪽 분이 었지요. 암튼 우연이라고 해야 하나 필연이라고 해야 하나……."

여인이 얼굴을 들었다. 표정이 참 따뜻하고 고왔다.

"이 동네 분은 아닌 거 같은데. 여행?"

"행색을 보니 그 분이 여행 오신 거 같은데요? 왜요. 부도? 아니면 이혼? 사별? 또 뭐가 있을까……. 여행 오신 거 맞죠?"

이 여자는 점치는 사람처럼 말했다. 자기가 던진 말에 하나만 걸리면 계속할 태세다. 사실 사별이란 단어를 듣고 깜짝 놀랐다. 이 시간에 이런 행색은 그렇게 보이나 보다.

"여행이라기보다는 그냥 바람이나 쏘이려고 왔어요. 금방 도착했거든요. 몇 시간 전에 도착해서 커피 한잔하고. 그쪽은?"

"저도 비슷해요. 그냥 어딘가 가고 싶어 왔는데 도착해 보니 여기더라고요."

또 놀랐다. 벌써 몇 번째 놀라는 것인지 알 수 없지만 자신도 무작정 돌고 돌다 온 곳이 여기였다.

"뭔 사연이 있나 보군요?"

"LOVE라는 단어 뜻을 보면 사랑은 참 많은 걸 담고 있어요. 그 의미만 제대로 알면 사랑하는 사이에는 별 문제가 없을 거고요. 그치요?"

종잡을 수 없다. 상대는 안중에도 없다. 자기 말만 할 뿐이다. 사랑은 싫다. 그러나 이 여자는 밉지가 않았다.

"우리말로 사랑은 한자어 '사량'에서 왔다네요. 생각할 사에 헤아릴 량이 시대의 변천을 거쳐 사랑으로 발음하게 되었대요."

"누가 물어 봤나요?"

"호호호, 좀 까칠하시네요. 마음이 너울의 연속이군요. 마디마다 가시가 있어요."

이 여자는 다른 사람의 마음을 정확히 읽고 있다.

"너울은 스스로 일어나질 못해요. 바람이 있어야만 일어나는 물 결이지요. 어떤 바람이 불었기에 마음이 엉켜있는 건가요?"

이런다간 이 여자에게 자신의 마음이 들킬 것 같았다. 애써 태연 한 척,

"저, 실례지만 일행 없고 혼자면 저녁이나 같이 하실래요? 제가 살게요. 좀 춥기도 하고……."

한 시간 전부터 배가 고팠다. 카페에서 먹은 빵 한 조각으로는 배 속을 달랠 수 없었다. 어차피 저녁 시간도 되었고 혼자 식당에 들어가기도 멋쩍었다. 더 기가 막힌 것은 곧 죽을 사람이 배고픔 앞에서는 쩔쩔매고 있었다.

"그래요. 역시 저녁 바람이라, 저도 좀 춥네요. 멀리 가지 말고 저기서 하지요."

그녀가 오른쪽 검지로 가리키는 곳을 보면서 내심 환영했다. 자 기 차가 주차한 곳이다.

"담배 안 태우세요?"

"아 예, 삼 일 전에 끊었어요."

아까부터 입이 근질거렸다. 여자의 말에 제대로 대꾸하지 못할 때마다 담배가 생각났다. 삼 일 전부터 여태까지 몇 번 피우고 싶을 때도 있었지만 그럴 때마다 주머니에 담배가 없었다.

여자는 한 대 피울 동안 식당에 들어가서 자리 잡으라고 손짓했다. 동민은 머리를 끄덕이고 들어가 바깥이 보이는 창가에 자리를 잡았다.

"처음 본 사람에게 자기 속 다 말하는 거 불편할 거예요. 그죠?"

그녀는 방석을 자기 쪽으로 살짝 당기면서 말했다.

"당연한 거 아닌가요?"

"그럼 가까운 사이 분들과는 하셨나 봐요?"

직원이 물병을 놓고 갔다. 동민은 물을 따르고 여자는 젓가락과 수저를 가지런히 놓으며 말했다.

"사랑은 상대의 모든 것을 헤아리고 생각해야 한다는 뜻이 담겨 있어요. 근데 우리는 내 욕심만으로 사랑을 하지요. 사랑하는 상대를 배려하는 생각은커녕 어쩌면 내 것이라는 착각으로 함부로 대하지요. 상대가 다 이해할 것이라는 나만의 착각과 망상으로요. 그치요?"

"그건 그러네요……."

"혹시 존 앨런 리란 작가가 사랑을 에로스(Eros), 루두스(Ludus), 스토르지(Storge), 마니아(Mania), 프라그마(Pragma), 아가페(Agape), 여섯 개로 분류해서 말했던 거나 글 보신 적 있으세요?"

"말씀드렸잖아요? 사랑 관심 없다고요. 그 작가 몰라요. 작가가 만들어낸 용어에 불과하겠지요. 사랑을 잘 모르지만 어찌 사랑을 이거다 저거다 천편 일률적으로 가를 수 있나요? 암튼 사랑은 관심 없습니다."

"구분한 건 맞아요. 사랑을 이해하기 쉽게 나눴다고 보면 되겠지요. 그래도 말은 나왔으니깐 들어 주실래요? 어차피 처음 만난 사이가 뭘 얘기하겠어요. 앞에 계신 분은 말수도 없어 보이고 말 많은 제가 하는 게 낫지요. 저나 앞에 계신 분이나 시간에 쫓기는 신세가 아니잖아요."

삼 일 남은 사람에게 시간에 쫓기지 않는다는 게 맞는 말인지 틀린 말인지 알 수 없었다. 맞으면 어떻고 또 틀린다고 반박할 수 없다. 단지 스스로 죽음을 정한 사람에게 사랑이야기는 머나먼 주제다.

먼저 자살했던 사람들이 죽기 전에 무엇을 하고 떠났는지 검색이나 해볼걸 그랬나.

"앞에 계신 분은 뭐하는 분인데 사랑에 대해 그리 잘 아세요? 혹시 글 쓰는 분인가요?"

"호호호, 아니요. 사랑에 빠지면 누구나 사랑의 전문가가 된다고 하잖아요."

"아하. 남편 분을 엄청 사랑하나 보네요? 그 정도 나이면 좀 식는 거 아닌가요?"

"뭐 그게 중요한가요. 그렇다고 치죠 뭐."

"에로스는요. 우리가 흔히 아는 남녀 간 열정적인 사랑, 성적 매력에 매료된 사랑, 육체적인 사랑을 말해요. 평소 자기의 이상형이랄까요. 이성의 신체적 매력에 이끌려서 강력하고 육체적인 자극을 필요로 하는 관계죠. 흔히 첫눈에 반해버리는 사랑? 이 사랑이 어찌 보면 남과 여가 만나 연애하다가 결혼으로 이어질 확률이 가장 높지요."

"그러니깐 가장 흔한 사랑이네요. 우리가 흔히 말하는 남녀 간의 사랑."

"오우, 아니요. 흔하다는 표현보다는 보편적이지만 인간에게 가장 중요하다고 할 수 있고요. 사랑을 제대로 알려면 꼭 필요한 분류 중에 하나예요."

보통 성인이라면, 에로스에 대한 기본 개념은 특별히 배우지 않았어도 자연스럽게 인지하고 있다. 뭘 더 알라고 하는 건지.

"에로스는 인간의 삶에 가장 중요하다고 봐요. 나이, 환경, 권력, 돈 등 인간에게 필요한 그 어떤 의미나 가치보다 중요하다는 거지요. 혹시 에로스에 관한 기원 들어보셨어요?"

"아니요. 단어야 워낙 흔하게 들었지만 기원까지는 모르겠네요."

"참, 재밌는 이야기예요. 플라톤이 쓴 책에 나와 있는 내용인데요. 풍요의 신이라 불리는 폴로스(Polos)와 빈곤의 여신인 페니아(Penia)가 있었대요. 페니아 여신은 너무도 가난해서 잠잘 집도 없고 끼니를 때우기도 힘들 정도였대요. 그녀는 평소 폴로스의 풍부한 삶을 동경했는데, 어느 날 신들이 잔치를 벌인 날, 술에 취해 잠들어 있는 폴로스의 품에 안겨서 잤다는 거예요. 그 결정체가 바로 사랑의 신 에로스라네요."

"아 그렇군요?"

"스토리에 중요한 사실이 내포되어 있어요. 풍요의 신 폴로스는 긍정적 상징이고 반대로 빈곤의 여신 페니아는 부정적 상징이에요. 바로 에로스는 두 가지가 모두 포함된 결정체이고요. 사랑하고 있거나 사랑을 해본 사람은 금방 그 뉘앙스를 이해할 거예요. 또 앞으로 사랑을 꿈꾸는 사람들도 마음의 준비 상태 정도로 알고 있으면 좋지요. 사랑을 하다 보면, 수많은 기쁨과 즐거움을 갖고 비단길을 걷지만 또 다른 편에는 책임이 동반되는 큰 아픔도 깔려 있잖아요. 즉 진정한 에로스 사랑이 탄생하려면 폴로스와 페니아의 속성이 균형 있게 하나가 되어서 진행돼야 진짜 사랑이라는 거지요."

"좀 전에 말했던 LOVE이 의미랑 일맥상통하네요?"

"맞아요. 플라톤은 사랑 이야기를 하면서 사랑에도 철학적 요소를 담았어요. 철학은 사색의 의미가 강하잖아요. 우리가 아는 대로 철학을 영어로 하면, 필로소피(Philosophy)인데 원래 그리스어로 사랑(Philos)과 지혜(Sophia)가 결합되어 필로소피아(Philosophia)에서 유래된 데서 철학이 탄생했다고 해요. 다시 말하면 에로스 사랑을 하려면 철학을 해야 되는 이유가 바로 여기에 있는 거지요."

"넘 복잡해요. 뭔 사랑을 하는 데 철학까지……."

"호호호, 그만큼 성취하려면 깊은 사색을 거쳐야만 진정한 사랑의 열매를 얻을 수 있다는 것을 말해 주는 거잖아요.

암튼 사랑하다 보면, 사랑한다는 이유로 구속하려들고 어쩌면 그런 구속도 에로스가 태어나기 위한 하나의 조건인데 어설픈 사랑을 하는 자들은 구속은 싫다고 말을 하지요. 물론 구속이 집착 등으로 변질되는 경우도 가끔은 있으나 아무튼 구속은 사랑의 긍정적 표현으로 받아들이는 게 좋을 것 같아요.

사랑하는 남녀가 함께 있으면서도 더 오래 같이 있고 싶고, 이런저런 사유로 떨어져 있으면 더 그리워지고 에로스가 탄생되기 위한 하나의 진행인 거지요."

"암튼 에로스는 인간의 여러 감정인 희로애락을 경험하고 그 경험하는 시간 동안 참고 인내해야 진정한 사랑을 이룰 수 있다는 거네요. 루두스는 뭔가요?"

질문하고도 어색했다. 사랑의 종류가 궁금해서가 아니다. 앞에 있는 사람과 원활한 대화를 하기 위해 운을 뗀 것이다.

"루두스는 유희적 사랑이라고 표현해요. 사랑을 일종의 게임으로 여기니깐 사랑에 빠지거나 헌신할 의사가 없어요. 깊은 사랑은 아니에요. 각자 다른 상대가 생기면 떠날 확률이 높아요. 여러 상대를 동시에 사랑하기도 하고요. 사랑이 인생에서 차지하는 몫이 상대적으로 크지 않으니 그저 다양한 이성과의 만남을 즐기는 것일 뿐이며 감상적인 깊이도 없어요. 이런 타입은 사랑을 장난스럽게 말해요. 서로 크게 상대에게 관심을 보이진 않지만 서로 만나는 게 재미있고 즐거우니까 좋아하는 관계이지요."

"별로 추천할 만한 사랑은 아니네요."

"그렇다고 볼 수 있어요. 하지만 현대 사회에서는 남녀 간에 친구 같은 우정이 담긴 스토르지와 함께 많이 늘고 있는 게 사실이에요. 스토르지는 상대에 대한 지나친 감정 표현은 삼가고 서로 공유할 수 있는 관심사에 대해서 이야기 하는 것을 선호해요. 이런 타입은 열정이나 탐닉은 하지 않으나 정에 빠진다거나 그러다 다른 사랑으로 변하는 경우에 흔히 볼 수 있는데 사랑인지 단순한 우정인지 구별 못 할 때도 있어요."

"자. 한잔하시면서 하세요. 꼭 사랑학개론 과외 받는 느낌에요. 너무 열정적입니다. 처음 봤는데 여러 번 본 것 같은 착각이 들 정도고요."

"오모 그러세요. 구태여 말하자면 스토르지라 생각하면 되요. 사랑은 물리적 시간이 중요한 건 아니잖아요."

"그거야 그렇지요. 사랑은 우연히 옷깃을 스쳐도, 부딪혀도 여러 가지 상황 속에서 진짜 사랑이 되는 거니깐."

"맞아요. 사실 저도 껌 한 개 잘못 전달해서 정신을 못 차리는 사람이 되었거든요."

"껌이요? 아하. 상대가?"

"호호, 지금 그건 중요한 게 아니고요. 한잔하세요. 술도 삼 일 전에 끊으신 거예요?"

"네!"

여기서 술잔을 들면 더 이상 운전을 할 수 없다. 그리되면 오늘 숙소는 여기가 된다. 살짝 시계를 보니 8시다. 시간이 점점 죽어야 할 시간에 가까워지고 있다. 앞에 있는 이 여자는 자신의 처지를 눈치 채지 못했다. 삼 일 후면 연기처럼 사라질 자신을. 그러나 이 사람은 죽을 사람 앞에서 아이러니하게도 사랑의 종류를 말하고 있다. 어쩌면 시간과 에너지를 낭비하고 있다. 하지만 거부하긴 싫다. 여자는 계속 입술을 움직였다.

"마니아 사랑은 의존성과 질투가 강한 소유적인 사랑이라고 해요. 사랑하고 받는다는 사실을 반복해서 확인하려는 강박적인 욕구가 있어요. 사랑은 필요한데 유지하는 게 얼마나 힘겹고 고통스럽겠어요. 엄청난 질투 때문에 피곤하기도 하고 자존감이 낮은 사람은 외로움과 불확실성 때문에 번민도 하고 사랑하는 사람이 엄청 보고 싶어서 미치지요."

"사랑하려면 그 정도는 돼야지요? 그런 마니아 사랑, 해보고 싶네요."

자기가 말하고도 놀랐다. 해보고 싶다니. 이건 희망사항 아닌가. 그럼 죽으면 안 되는 거 아닌가. 얼른 말을 바꿨다.

"그래서, 그런 광기 있는 일부 사람들이 뉴스매체를 장식하는 거지요."

"그렇다고 봐야지요."

"마니아 사랑을 말씀하시면서 누군가를 그리워하는 눈빛이네요. 상대가 부럽네요."

"그런 말 마세요. 그런 거 아니에요!"

여자는 오른손을 좌우로 흔들며 아니라고 말했지만 표정만 보면 분명히 당황하는 기색이었다.

"아직도 남았나요?"

"프라그마는 상대가 자신과 맞는지 안 맞는지 계산해요. 한마디로 적절한 사랑의 상대를 찾는다고 해야 하나. 그래서 실용적 사랑이라고 하지요. 사랑도 현실적으로 중요한 문제로 봐요. 상대를 제대로 알기 전까지는 헌신하지도 않고 미래 이야기도 꺼리니깐요. 사랑이라고 하기엔 좀 그런데. 아무튼 하나의 종류라고 하니깐 그렇단 거지요. 아가페는 많이 들어 보셨지요? 교회 다니면 매일 듣는 말이지요. 하나님의 사랑, 주님의 사랑 하면서요. 여기서 아가페는 나보다는 타인을 먼저 배려하고 사랑의 감정보단 의지가 먼저라고 여겨요. 주기만 하는 헌신적 사랑이니 결혼 배우자로는 딱이지요. 나보다는 상대를 더 존중하고 행복하게 하려고 노력하는 유형입니다."

"와우, 대단하네요. 얘기를 듣고 보니 남자는 루두스를, 여자는 프라그마를 좋아할 거 같군요?"

"그리 볼 수 있는데 사랑은 하나로 흘러가기보단 몇 개가 동시다 발적이나 복합적으로 진행되는 게 맞아요. 상대적으로 자존감이 높은 사람들이 광적 사랑을, 낮은 사람들은 소유적인 사랑의 경향을 나타낸다고 하네요. 물론 상대적이지만요. 가끔 이런 생각을 해요. 지금처럼 살다가 나이가 들고 어느 날 갑자기 진실한 사랑 한 번 못 해보고 세상을 떠나면 참으로 안타깝고 슬플 것 같다는……."

"하하하, 여자 분의 입에서 그런 말을……."

"왜요? 여자는 그럼 못 쓴다거나 안 된다는 말을 하고 싶은 거예요?"

살짝 짜증났다. 자기가 오늘 이 곳에 온 이유가 뭔가. 아내가 죽어서 충격을 받아 며칠간 방황하다가 여기까지 온 게 아닌가? 삼 일 후면 아내의 뒤를 따라 죽을 거 아닌가. 그런데 오늘 우연히 만난 이 여자는 진실한 사랑 한 번 못 해 보고 죽으면 어쩌나를 걱정하고 있는 게 아닌가.

"암튼 존 앨런 리가 구분한 사랑 중에, 에로스와 마니아에 동시에 빠질 때 최고의 극치를 맛보는 것 같아요. 에로스를 완전히 육체적이고 성적인 매력에 매료된 사랑의 관계라고 했잖아요. 거기에 마니아는 격정적인 사랑 또는 광기와 흥분이 계속되는 상태, 사랑하는 사람은 항상 상대가 보고 싶어 미칠 지경이고 환희와 절망이 성난 파도처럼 교차되는 폭풍 노도 상태. 그 표현은 사랑하는 남녀가 섹스할 때라고 생각해요."

한 잔도 마시지 않았지만 섹스란 단어에 묘한 흥분을 느꼈다. 며칠 후면 죽을 몸인데 몸은 죽을 때까지도 반응하나 보다.

"사랑이 뭐 중요한가요. 그냥 잘 먹고 잘 살면 되는 거 아닌가요. 처음엔 다 사랑한다고 서로 불타다가 나중엔 얼음이 되고 또 딴 사람 만나고 일부는 그래서 이혼하고……."

동민은 에라 모르겠다 심정으로 첫 잔을 마셨다. 도무지 마시지 않고는 안 될 것 같았다. 젓가락도 들고 무엇을 먹을까 반찬을 물끄러미 바라보았다. 바로 앞에 있는 꽁치구이를 집었다.

"궁금하지 않으세요? 불타던 사랑이 시간이 지나면 왜 냉랭해지는지. 사랑은 불가사의하지 않아요? 수천 년 동안 인간은 변화하고 발전하고 과학도 엄청 발달했는데 왜 인간에게는 사랑이 없으면 살 수 없을까요?

아무리 배움이 많은 사람도 무식쟁이도 그 지휘고하를 막론하고 사랑을 하고 있고 아니면 사랑을 꿈꾸고 사랑의 행위를 하고 있잖아요.

인간 이야기를 다루는 영화나 연속극, 책, 음악 등에서도 사랑이 그 중심에 있고 어쩌면 지금 마시는 물이나 입는 옷이나 잠자는 집보다 더욱 가깝게 존재하고 있잖아요. 혹시 지금 사랑하는 사람이 있나요? 아아, 아내를 사랑하나요?"

그녀의 갑작스런 질문에 당황했다. 비록 아내는 죽어서 흙이 되었지만 과연 정말 사랑했었나 하면서 머리를 굴려봤다.

"꼭 그런 걸 생각하며 살아야 하나요? 살다 보면 만나는 거고 만나고 보면 좋아져서 결혼도 하고 애 낳고 살다가 그럭저럭 살다 죽든 거지요."

그녀는 아내를 사랑하나요? 라고 물었다. 다른 건 몰라도 대답하기가 곤란해서 동문서답했다. 지금이야 하고 싶어도 없으니 사랑 타령하기엔 곤란하더라도 과연 살아있다면 어떻게 대답했을지 스스로도 궁금했다.

"그니까요? 왜 그렇게 살다 가냐는 거지요. 분명히 그런 이유가 있을 거 아니에요. 보통 사람들이 그런 생각으로 이성을 만나고 결혼해서 살다보니 남편은 아내를 아내는 남편을 사랑하는 건지도 모르면서 살잖아요."

뜨끔했다. 이 여인의 말은 준비 없이 만나고 살다 보면 결과가 뻔하다는 이야기를 했다. 참으로 놀라웠다. 오늘 이 여자가 내 앞으로 보내진 게 우연인가?

"우리는 이런 말을 하지요. 배우자가 있는 사람이 다른 이성을 사귀면 내가 주인공이면 사랑이라고 하고 타인이 하면 불륜이라고 말해요. 그 얼마나 자기중심적이고 이기적인 발상이에요. 내가 하는 불륜도 사랑이라고 말한다면 남이 하는 불륜도 사랑이지요."

"좀 궤변으로 들리네요. 배우자가 있는 사람이 다른 이성을 만난다는 건 용납할 수 없지요!"

자기 목소리가 좀 커진 것을 알아 차렸다. 당연하다고 생각했다. 남편 있는 여자가 아내 있는 남자가 다른 이성을 따로 만나는 것은 도덕적으로나 사회적으로 용납할 수 없다고 생각했다. 동민은 아직 핏빛이 그대로 남아있는 회 한 조각을 고추장을 듬뿍 찍어 입에 넣으며 말했다.

"맞아요. 하지만 세상 모든 인간 중에 자유로운 사람이 얼마나 있을까요. 지금 다른 이성을 만나 사랑이란 이유로 키스하거니 섹스하는 거랑, 마음으로 저 여자나 남자와 관계하는 상상을 하는 것이나 뭐가 달라요? 몸으로 실제 행하는 것도 상상만 하다 마는 것도 다 같은 죄에요. 그런데 인간은 들키면 죄인이고 들키지 않으면 신사인 척 숙녀인 척 하지요. 인간은 원죄를 가지고 있으니 일단 죄인이란 전제를 깔아야 해요. 신은 죄인인 인간에게 올바른 삶의 방향을 제시하고 있고 동시에 사랑에 대한 올바른 가르침도 주고 계세요. 어리석고 무지한 인간은 그 올바른 가르침을 따르기보단 오히려 자기 합리화를 내세워 죄를 행하는 자들이 거의 대부분이라는 거지요. 앞에 계신 분은 떳떳하세요?"

"너무 진지하네요……."

"그만큼 생각이 많다는 거지요. 인간의 죄는 인간의 무지와 어리석음 때문에 짓는 거라고 생각해요. 생각해 보세요. 태초부터 만물을 창조한 창조주도 그대로 계시고 창조주가 만든 자연과 우주도 여전히 그대인데 피조물인 인간은 모든 걸 바꾸고 있잖아요. 특히 남녀 간의 사랑이나 결혼 제도 등이 하나의 예예요.

지금까지 누군가를 사랑하는데 인간이 만들어 놓은 어떤 규칙 때문에 나서지 못해요. 나서지 않으면 선하고 깨끗한 사람이라고 칭송을 받는데 막상 사랑을 찾겠다고 하면 바람둥이니 화냥년이니 소릴 들어요. 사실 다 똑같은데 뭐가 뭔지 잘 모르겠어요."

"그래서 사랑은 철학적 요소가 개입된다고 말씀하셨군요. 칸트가 행복하게 살래 착하게 살래 말한 것처럼."

"빙고! 철학의 질문 중에 가장 큰 화두가 인간 이야기이잖아요. 인간이란 무엇이고 어떻게 살아야 하는지를 말하지요. 혹시 고갱의 〈우리는 어디서 왔는가 우리는 누구인가 우리는 어디로 가는가〉란 그림 본 적 있으세요?"

"오른쪽에 어린아이와 여인이, 중간에 젊은 사람이 왼쪽에 죽음을 앞둔 여인이 그려진 것 말이죠?"

"보셨군요? 맞아요. 이 그림은 철학적, 종교적 의미가 담겨 있거든요. 고갱이 딸의 죽음과 자신의 질병으로 엄청 고생하다가 자살하려고 하다가 그린 그림이에요. 이 그림 때문에 살았다고 할 수 있고요."

자살 이야기가 나온다. 심장이 불안하게 뛴다. 자살 이야기는 멈춰 달라 하고 싶다. 하지만 너무나 진지한 표정 때문에 아무 말도 할 수 없다. 그냥 들어야 하나.

"표정이? 왜 속이 안 좋으세요?"

"어, 아니요. 그래서요?"

"좀 전 얘기하신 것처럼, 이 그림은 탄생에서 시작해서 죽음으로 이야기가 전개되거든요. 오른쪽에 어린이와 세 명의 여인, 중앙에 열매를 따는 젊은이, 왼쪽에 죽음을 기다리는 여인 등이요. 가운데서 열매를 따는 젊은이가 많은 화두를 던져요. '인간이란 무엇인가?' '인간이란 어떻게 살아야 하는가?' 등을요."

'역시, 나는 무지하구나, 어리석구나……'

"이 화두 즉 삶의 에너지는 사랑에서 나와요. 고갱의 그림만이 아니라 사랑을 주제로 하는 영화나 소설은 대부분 실제 같은 픽션(Fiction)이잖아요. 작가들은 인간에게 인간의 본질이나 본능에 대해 알려주고 싶은 거예요. 참인간이란 프레임에서 벗어나려는 사람들에게 경각심을 주기 위해 자신의 모든 지혜를 동원해서 영화도 만들고 음악도 만들고 글도 써요. 즉, 인간답게 살거나 올바른 사랑을 하라는 메시지라는 거지요. 문제는 전수하려는 그들조차 전적으로 다 안다고 볼 수 없어요. 그럼 답은 나와요. 인간이 인간의 이야기를 다 모른다는 것은 인간을 만든 조물주만 안다는 얘기가 되는 거잖아요."

"아, 그러네요."

동민은 여자의 말을 경청하고 있었다.

"앨런 왓츠(Alan Watts)가 말했어요. 사랑은 우리가 좌지우지할 수 없다고요. 내 힘으로 이루어지는 게 아니라는 말이에요. 지금 부는 바람이나 흐르는 물 같은 자연현상 중에 하나인 거지요. 인간이 만든 과학이나 기술이 아무리 발전했다 해도 바람이나 공기나 물 때문에 일어나는 천재지변엔 속수무책이잖아요. 사랑이 찾아오고 사라져 가는 것도 자연의 흐름과 같은 이치라는 것이지요.
사실, 에로스 사랑에는 육체적인 관계가 중요 요소로 자리 잡고 있지만 우리가 동물과 다르게 길거리에서 생면부지 이성과 육체관계는 안 하잖아요. 또 각종 영상 매체에 등장하는 근육질의 남성이나 팔등신 미녀를 보았다고 그 이성이 보고 싶어 밤새거나 미칠 정도의 마니아 사랑으로 이어지지도 않잖아요."

"그건 당연한 거죠. 아무리 욕구가 있어도……. 그래서 인간 사회에 오래전부터 집창촌이 형성된 게 아닐까요?"

"일리 있는 말씀이에요. 사랑하는 감정이 없어도 육체적 관계는 할 수 있다는 증거이지요. 이것이 인간도 동물과 같은 본능이 분명히 존재한다는 걸 인정하는 처사죠.

정신분석학자 프로이트는 인간의 행동에 영향을 미치는 의식에 대해 말했어요. 인간의 의식구조를 자아(ego), 초자아(super ego), 원초아(id)로 세 가지로 구분해서 설명했는데 여기서 자아는, 인간 각자가 자신이 가진 현실을 읽는 작동원리에요. 자아는 도덕적 개념을 작동하는 초자아, 본능이나 쾌락적 개념의 원초아 사이에서 조절할 수 있는 힘이나 작동원리라고 보면 되지요."

"하하하, 술 마시면서 나눌 얘기는 아닌 거 같은데. 그래도 재밌네요."

"재밌다니 다행이네요. 그만큼 인간의 삶에 흔하게 등장하지만 그 중요성을 인지 못 하는 일부 사람들 때문에 사랑이 왜곡된다는 게 문제지요. 뭐든지 알고 하는 것과 모르는 것의 따라 결과가 다르니깐요. 프로이트의 무의식에 해당하는 초자아와 원초아를 이해하면 사랑을 더 잘 알 수 있어요. 저기 보세요."

여자가 손가락으로 가리키는 곳은 바다였다. 동민의 눈동자는 광활한 바다 한복판에 꽂혔다.

"저 등대 왼쪽에 바위가 보이시지요."

등대와 바다사이에 섬처럼 보이는 큰 바위가 보였다.

"바다 위에 드러나 있는 우리 눈에 보이는 바위를 자아로 보면 되고요. 엄청난 바위 뿌리가 바다 밑에 있어요. 초자아와 원초아가 하나로 붙어있는 거지요. 이 말은 도덕적인 면도 쾌락적인 면도 붙어 있기 때문에 어느 쪽을 선택하느냐 순간의 선택에 의해 그 결과가 다르게 나온다는 것이지요.

즉 보통 인간의 의식 또는 자아는 빙산의 일각이에요. 실제는 무의식에 의해 지배당하는 삶을 살고 있다는 뜻이지요."

"뭔 얘기를 하다가 심리학 아니 정신분석학까지……."

"에구, 미안요. 사랑하는 사람의 마음은 그 사람 외에는 그 누구도 함부로 말하면 안 된다는 말을 하려고 했던 건데 좀 거창해졌네요. 신이 주신 고귀한 사랑의 행위를 하는 것인지 동물적 본능으로 하는 것인지는 자신 외엔 알 수 없고 행위 당사자 자신도 꼭 체크를 해봐야 한다는 말을 하고 싶은 거죠. 철학에서는 인간을 신과 동물 사이의 중간 존재로 말하는 이유가 여기서 나오는 것이고요."

"그렇다면 현재 내가 하고 있는 사랑이 진정한 사랑의 행위인지 원초아적인 동물들의 그 본능과 다를 게 없는 것인지는 체크해 볼 필요가 있겠네요?"

"이렇게 체크하면 되요."

　궁금했다. 낙지가 꿈틀거리며 접시 밖으로 나오려는 것을 집으면서 그 여자의 말에 귀를 쫑긋 세웠다. 처음 만난 사람과도 진지한 이야기를 나눌 수도 있다는 것을 다시 한번 생각했다. 갑자기 죽으면 손해라는 생각이 확 스쳐갔다. 삼 일 후 죽을 때 죽더라도 궁금한 건 사실이다.

　"없으면 들을 필요가 없는 건가요?"

　"아니지요. 사랑은 나이와 국적 불문하고 죽을 때까지 하는 게 사랑이에요. 그러니 현재 사랑하는 사람이 없다는 것은 곧 사랑하는 사람을 만난다는 말이지요. 죽지만 않으면요."

　그녀의 말에 은근히 기대가 생겼다. 이제 사십 중반이다. 현대는 고령화니 초고령화 사회니 하면서 진즉부터 수명이 엄청 길어졌다. 백 세까지도 거뜬히 살 수 있다고 한다. 그렇다면 아직도 50년을 더 살아야 하는데 50년을 혼자 보낸다는 것은 고문이 아닌가. 이 여자의 말을 듣고 또 다른 희망을 가질까 생각했다. 하지만 '난 삼 일 후에 죽을 거다!'가 더 강하게 후려쳤다.

　"기대되네요. 어떤 말씀을 하실지……."

들을까 말까 했다. 하지만 술병도 남은 반찬도 아직 반 이상이나 남았다. 지금 자 버리면 몇 시간이 훌쩍 가버린다. 시간을 잡아 두기 위해서라도 들어야 했다. 생각도 마음도 하늘과 땅에서 오락가락했다.

"좀 지루할 거예요. 이 회를 다 먹어도 그리고 밤을 새워도 다 할 수 없겠지만 아무튼 맛있는 음식을 먹으면서 나누는 이야기만큼 더 중요한 게 어디 있겠어요. 그죠?"

참 멋진 여자라고 생각했다. 눈도 입술도 제대로 보니 생각보다 예뻤다. 나이는 잘 모르겠다. 신사 체면에 여자 나이도 함부로 물을 수도 없다. 저 정도 나이면 당연히 결혼한 여자일 것이다. 하지만 이 시간에 이런 곳에 혼자 온 것을 보면 물음표가 생긴다. 최근 술에 찌들어 살아선지 잔을 들이키는 속도가 점점 빨라졌다.

"저……"

"왜요? 아, 나이요. 마흔 다섯이고요. 은희라고 해요."

"이름이 참 예쁘네요. 은혜 은자에 기쁠 희자를 쓰시는 군요?"

속으로 웃었다. 동갑내기다. 삼 일 후 죽을 일만 없으면 이 여자와 연애하고 싶어졌다. 죽기 전까지도 굳은 표정이었던 아내에 비해 상냥하고 부드럽다. 사람의 심리를 꿰뚫어 보는 혜안도 있다. 이런 여자와 사는 남자 또는 사랑을 받는 남자가 누구일지 한없이 부러웠다. 이런 여자라면 자살을 번복하고 다시 살 수 있을 것 같았다.

"인류학자 헬렌 피셔는 자신의 책에 이렇게 썼어요. '인간은 애초부터 사랑에 빠지지 않고는 살 수가 없도록 디자인되어 있다.'고요. 이 말은 인간은 태어나서 죽을 때까지 갖가지 사랑을 하면서 살아야 하는 존재라는 거지요. 누군가가 '왜 우리는 사랑에 빠지는가?'란 질문을 한다면 어떻게 답할 거예요. 아마도 금방 답할 수 있는 사람은 별로 없을 거라고 봐요.

지금 사랑하는 사람이 있다고 할 때 나의 마음과 내 자신이 어찌해야 하는지 알아야 해요. 사랑은 자연스럽게 흘러가는 물처럼 보이지만 나의 노력이 꼭 필요하거든요.

사랑하는 아내를 놓고 체크해 보세요. 괴테는 사랑하는 여자를 확실하게 보호할 수 있는 자만이 사랑하는 그 여자의 사랑을 받을 가치가 있다고 했어요.

아내를 확실하게 보호할 수 있나요? 혹시 아내가 없다면, 연인도 없다면 앞으로 만나게 될 사람에게 꼭 실천해 보세요. 서머셋이 그랬거든요. 사랑하는 데 가장 중요한 자세는 사랑은 받는 것이 아니라 하는 것이고요. 프랭클린은, 사랑받고 싶다면 사랑스럽게 행

동하라고 했어요. 평범한 말 같지만 사랑하는 데 굉장히 중요한 가
짐이에요. 보통 사람들은 초창기 잠깐 하는 척하다가 바뀌기 때문
에 나중에 헤어지는 거라고 생각해요."

술이 취해선지 혼란스럽다. 사랑이 이렇게 복잡한지 몰랐다. 그
러나 사랑을 알고 하면 참 잘할 것 같았다. 사랑하고 싶어졌다. 삼
일 후면 죽어야 하는데 사랑이 하고 싶어졌다. 오늘 처음 만났는
데 오래전부터 알고 지낸 여자처럼 친근하고 편하다. 다시 질투가
일어났다. 그 남자가 자꾸자꾸 부러워졌다.

"첫째, 아침에 눈을 떴을 때, 가장 먼저 떠오르는 사람이 그 사람
이면 사랑이다. 그 순서가 두 번째이거나 가끔 생각나면 아직도 그
만큼 완성해 나가는 과정이다. 둘째, 그 사람을 보고 있어도 보고
싶고 헤어지면 단 1초가 가기도 전에 또 보고 싶다면 사랑이다. 하
지만 어떠한 연유라 하더라도 보고 싶음을 참을 수 있다면 딱 그
만큼 덜 익은 사랑이다. 셋째, 사랑하면 그 사람의 방귀소리까지
아름다운 멜로디로 들리고 이빨에 낀 고춧가루조차 장미 송이로
보인다. 하지만 덜 성장한 사랑 관계에선 평범한 구린내요 칠칠찮
은 사람이라고 욕할 것이다. 넷째, 알몸을 하고 있어도 상대에게
부끄럽지 않으면 그것은 사랑이고 내 근육과 몸매를 좋다 나쁘다
평가의 말을 할 수 있다는 건 사랑이라기보단 육체의 탐욕을 먼저
생각하는 경우다. 다섯째, 성관계 시 상대의 몸 전체를 보물처럼

대하면 사랑하는 것이고 단지 성기만 집중하는 행위는 동물적 본
능과 하등 차이가 없다거나 아니면 사랑에서 멀어지고 있다거나
의무에 해당된다고 보면 된다. 여섯째, 단둘이 있을 때 자신이 처
한 상황이나 세상에서 말하는 윤리 등이 떠오르지 않고 그저 상
대가 있어 한없이 좋으면 사랑이고 그렇지 못하면 아직도 사랑이라
고 부르기에는 시기상조다. 일곱째, 상대가 다른 이성에게 눈길을
준다면, 그 이성이 누구이건 간에 질투와 시기가 일면 그것은 사랑
이고 무관심이나 방관할 수 있다면 그것은 진정한 사랑이라고 말
할 수 없다……"

"헐……. 아직도 남았나요?"

"물론이지요. 체크할 수 있는 내용은 많아요. 왜요? 듣기 싫으
세요?"

"아니요. 그게 아니라……."

너무 억울하다. 이 여자의 말이 맞는다고 가정하면 아내와는 일
치된 항목이 몇 개 없었다. 그렇다면 제대로 된 사랑을 못해봤다
는 결론이다. 죽는 게 억울해졌다.

"오늘 여기에 왜 오신 거죠? 저는 여기 왜 왔다고 생각하세요? 앞

에 계신 분이야 잘 모르겠지만 저는 이유가 있답니다."

  사실 그랬다. 바닷가 모래 위에서 우연히 만난 것도, 처음 만난 사람과 이렇게 식사를 하는 것도 이런 이야기를 나누는 것도, 처음부터 여기로 온 것부터 모든 게 신기했다. 어떻게 처음 만난 사람과 이런 진지한 이야기를 나눌 수 있을까 궁금했던 것이다.

  "사실, 저는 유부녀입니다. 그런데 우연히 한 남자를 알게 되었어요. 그 사람도 당연히 가정이 있는 사람이지요. 그 사람하고 있으면 남편과 다른 뭔가가 있었어요. 만난 지 얼마 안 됐지만 오래전부터 알고 있는 사람 같았어요. 하지만 할 수 있는 게 하나도 없었어요. 어떻게 해야 할 지도 모르겠고요. 근데 위에 말했던 것처럼 그 사람이 저의 24시간 안에 항상 있었어요. 무섭기도 했지요. 이런 제가 싫기도 했고요. 그래서 잊어 볼까 하고 지금 여기로 바람 쏘이러 온 것이고요. 그러나 아까 그 자리서 문득 이런 생각이 들더라고요. 오늘보다 열 살 스무 살 더 먹고 내 나이가 육십이나 칠십에도 지금과 같은 감정을 가질 수 있는 사랑을 할 수 있을까. 암튼 저는 유부남을 사랑하는 여자예요."

  두 가지 감정이 교차했다. 미안함과 절망감이다. 배우자가 있는 사람이 다른 사람을 좋아하는 것을 터부시했던 게 미안했다. 또 이 여자가 사랑하는 사람이 따로 있어서 포기해야 된다는 데 절망했다. 역시 나는 죽을 수밖에 없는 운명인 것이다.

"어쩐지 사연이 있을 거 같다고 생각했어요……."

아무튼 술의 힘은 대단하다. 이 여자는 술의 힘을 빌려 자기가 여기에 온 이유를 말했다. 술은 초자아와 원초아 사이에서 이러지도 저러지도 못했던 내 자아에게 좀 더 솔직해 지라고 등을 떠밀었다. 이 여자가 맨 정신이었으면 결단코 자기가 여기 온 이유를 말하지 않았다. 이 여자 앞이라면 자기 이야기도 해보고 싶었다. 충격 때문에 죽음을 예고한 나를 표현하고 싶어졌다.

"호호호, 꼭 말로 해야 알겠어요. 이런 날 이런 시간에, 뻔한 게 아니겠어요. 그래도 좋네요. 이렇게 말이라도 하니 속이 좀 시원해지네요. 단, 맞다 틀리다 이분법적 논리로 평가하진 마세요."

여자의 빈 잔을 채우면서, 이 여자를 이토록 아프게 한 남자에게 질투가 났다. 또 그 상대가 나였으면 좋겠다고 생각했다. 나는 아내가 죽어서 혼자인데 하필 임자 있는 다른 남자를 사랑한다니.

"하지만 괜찮아요. 그런 사랑도 내 인생의 한 부분이니까. 이 사람만 있으면 아무것도 필요 없다고 생각했는데, 그 사람을 가질 수도 없고 그렇다고 떠나 버리게 놔둘 수도 없고, 떠나지도 않았는데

붙잡을 수도 없고, 어쩌면 이런 게 인간의 참모습이 아닐까요?"

"아픈 분 치고는 참으로 이성적이네요. 다 받아들이고 수긍하고……. 그렇다면 헤어진 거예요?"

"아니요. 서로 헤어지자고 하면 평생 다시는 사랑이란 걸 잡지 못할 거 같아서. 비겁하게도 무서워서 말을 못 해요. 그냥 마음으로 사랑하고……. 그래야 다음이 있는 거니까요. 사랑은 내가 죽을 때까지 사랑하는 사람이 누구이든 그들 두고 기뻐하고 즐거워하고 행복하기도 하고 슬프기도 하고 아프기도 하고……. 그 자체만 갖고도 삶을 유지할 수 있는 힘이 생기는 것이죠. 그래도 그 사람이 같은 하늘 아래서 살고 있으니깐 이렇게 참다 참다 못 참겠으면 가서 만나는 거죠. 그게 삶의 희망이라고 해야 하나."

"당신은 거짓말을 하고 있네요."

"네, 거짓말이라니요?"

"그 남자가 유부남이라면서요? 그 사람이 이혼하고 본인에게 왔으면 하고 기다리는 건 아닌가요?"

두 남자의 대화

　웨스트라이프(Westlife)의, 마이 러브(My Love)가 잔잔하게 흘러 나온다. 비록 CD에서 나오는 곡이지만 잘생긴 청년들이, '내 사랑을 영원히 놓지 않겠다.'라고 한다. 곡처럼 이 카페는 연인이 주로 찾는 곳이다. 그래선지 음악 대부분이 사랑 이야기나 이별후의 아픔, 아니면 사랑했던 과거에 대한 회상 등을 담은 곡이다.

　보통날은 다양한 손님들의 취향을 맞추기 위해 올드팝송이나 7080곡을 비롯해 여러 가수의 음악을 골고루 튼다. 그러나 오늘만은 자신의 취향을 고집해 봐야겠다고 생각했다. 폭설과 칼바람이 부는데 과연 손님이 올까 하는 의심이 들었기 때문이다.

　제목이 없는 금색 CD가 눈에 띄었다. 자신이 좋아하는 곡을 저장한 CD다. 본체에 밀어 넣자, 남성 가수의 노래가 흘러나왔다. 좀 전에 틀었던 다른 곡들과 장르는 비슷하다. 하지만 이 CD 안의 곡들은 혼자 있을 때마다 기타를 튕기며 부를 수 있는 곡들이다. 여러 번 듣던 노래가 2절이 끝나갈쯤 습관적으로 옆에 있던 걸레를 집었다. 테이블과 의자 곳곳을 닦아내는 동안 가수의 애절함이 절정에 이르면서 한 곡이 끝났다. 이어진 곡도 잘 아는 노래다. 가사를 따라 흥얼거렸다. 생각이 딴 데 있다가 티 테이블 옆 책장을 건들었다. 대여섯 권의 책과 노트 한 권이 한꺼번에 떨어졌다.

가게를 인수할 때 한 번 봤던 책들이다. 가게 분위기와 얼추 잘 맞아 책꽂이에 꽂아 두었을 뿐 그 이후는 한 번도 펼쳐보지 않았다. 주로 사랑을 노래한 시집이다. 주섬주섬 책을 주워 꽂다가 노트 한 권이 눈에 띄었다. 표지가 헐고 한쪽 귀퉁이는 찢긴 갈색 노트다. 세월의 무게가 느껴진다. 아마도 이 좌석에 앉았던 과거의 연인들의 이야기일 것이다. 이름도 얼굴도 모른다. 그 사람들의 이야기가 담긴 노트 내용이 궁금해서 허리를 펴며 노트를 펼쳤다.

'내 앞에서 지금 내리는 눈을 바라보고 있는 당신, 당신의 사랑스런 눈빛, 나의 사랑, 지금처럼 내일도 내년에도 아니 내 삶이 끝나는 그 순간까지 영원하였으면……. 그저 티끌만큼도 욕심 없이 기대해요…….'

아내를 보내고, 자살하기 전 마지막 여행길에 강릉 바닷가에서 은희라는 여자를 우연히 만났다. 그녀와 밤새워 얘기를 나누다가 감동을 받고 새로운 삶을 시작하기로 했다. 한적한 카페를 인수해서 운영하는 게 그 시작이었다. 카페를 운영하는 동안 많은 사람들이 이 자리에 앉았고 그리고 흔적도 없이 사라졌다. 이 글을 쓴 사람도 그중에 하나일 것이다. 글 내용으로 봐선 남자가 틀림없다. 쓴 사람의 이름도 이 글을 받는 주인공의 이름도 없다.

'남자, 남자, 어떤 남자 어떤 사람이었을까……'

이 글의 주인이 어떤 사람이었는지 전혀 기억이 나지 않았다. 많은 사람들이 손님의 자격으로 이 자리를 거쳐 갔다지만 글의 주인공을 기억해 내지 못하는 자신에게 짜증이 났다. 걸레질을 하다말고 의자에 신경질적으로 철퍼덕 앉아 버렸다. 그리고 카페를 운영하던 시점으로 돌아가서 기억을 더듬었다.

"아하! 맞다! 그 사람이야! 그 사람이 맞을 거야!"

자기도 모르게 소리 질렀다. 앉자마자 1분도 지나지 않아 거짓말처럼 그 사람에 대한 기억이 떠올랐다. 이 노트에 글을 남긴 주인공이 머리에 뚜렷이 그려지자 그 사람 아니 그 남자에 대한 기억은 좀 전과 달리 영화 필름을 돌리듯 머릿속에서 풀어져 나왔다.

'오늘처럼 눈이 내리던 날……. 그래, 그 날도 바람이 강하게 불었고 그래서 손님이 뜸하던 날……. 그래, 그래, 그 사람이 틀림없어! 아, 이 사람 정말 멋진 남자, 멋진 친구였는데……. 이럴 수가, 내가

까마득하게 잊고 있었구나……'

+ + +

카페는 2차선 도로에서 300미터 떨어진 곳에 위치하고 있다. 그 날도 오늘처럼 눈이 많이 내렸다. 눈이 산과 들판, 도로와 주택 지 붕을 온통 하얀색으로 덮었다. 눈이나 비가 오면 길이 질척거려서 걸어서 오기에는 불편하다.

날씨 탓인지 손님이 뜸했던 오전 11시경, 주방에서 컵을 씻고 있 는데 딸랑이 소리와 동시에 출입문 열리는 소리가 들렸다. 삐걱 소 리에 묻혀 남자의 음성이 낮게 들렸다.

"커피 한잔할 수 있나요?"

"아, 네에 물론이죠!"

닦은 컵을 싱크대에 엎어 놓고 당연한 듯 대답했다. 남성의 목소 리는 여느 남성과 별 차이는 없었다. 다만 문을 열고 들어오는 순 간 옆에 당연히 있을 법한 상대는 없고 혼자라는 게 오히려 의아 했다.

자리를 안내하며 물었다.

"혼자이신가요?"

"예에, 보이시는 대로. 문제 있나요?"

"아아, 아니요. 그냥……."

흐트러짐 없는 그의 눈동자와 자신의 눈동자가 마주치자 당황했다.

"뭐로 드릴까요?"

"아예, 따뜻한 물과 카푸치노 한 잔도 함께 주실래요?"

고개를 숙이며 주문을 받고 주방으로 들어서면서 거울에 비친 붉어진 얼굴을 보았다.

'참내, 저 사람이 나를 바보로 만드네. 혼자 이런 데 오는 자기가 우스운 게 아닌가? 아닌가? 에잉, 모르겠다! 마시고 가면 그만이지 뭐.'

커피를 내리면서 커튼 사이로 창밖을 응시하는 남자의 옆모습을 봤다.

'오우, 저 표정은 뭐야? 음, 나이는 나보다 어려 보이는군. 삼십 후반? 아니야 중반? 총각일까? 아니 기혼자? 기혼자면 부인과 문제? 아님? 이혼? 으흐흐, 아니야 부인과의 문제라면 지금 집에서 소리치고 난리겠지. 이런 델 올 리가 없지. 아마 이루어질 수 없는 사랑에 뭔가 목말라 하고 있을 거야. 내가 눈치가 구단인데.'

자신의 머리에 빙빙 도는 이야깃거리를 생각하며 따뜻한 물이 담긴 컵을 테이블 위에 소리 나지 않게 내려놓았다. 그는 아무런 반응이 없었다. 그저 눈 내리는 창밖만을 바라보고 있었다.

"주인 되시죠?"

"네에, 그렇습니다!"

창밖만을 바라보던 그 사람은 아무런 반응이 없다가 동민이 컵을 내려놓기가 무섭게 질문해왔다.

"실례되는 말씀이지만 금년에 몇입니까?"

정황으로 봐선 나이를 묻는 거 같았다.

'감히 낼 모레면 오십인 내게 사십 초반으로밖에 안 보이는 사람
이…….'

손님이 예의가 없다고 생각했다. 하지만 손님은 왕이라 하지 않
았던가, 이내 장사꾼 태도를 취했다.

"아 네, 삼 년만 지나면 오십입니다."

"아아 그래요? 그럼 동갑이네요?"

'헉! 이게 웬 날벼락같은 소린가? 자신보다 훨씬 젊어 보이는 이
자가 나와 같은 나이라고? 이건 말도 안 돼!'

"저도 정확히 삼년 지나면 쉰이 됩니다."

"아 네네, 그렇습니까. 암튼 반갑습니다. 좋은 시간 되세요. 금방
커피 내오겠습니다."

돌아서는 잠깐 사이에 혼자 중얼거렸다.

'푸하하, 어이가 없군. 한참 아래뻘로 보이는데 동갑이라니? 에혀, 내가 상대적으로 늙었다는 게 아닌가. 그럴 수 있어 장사하다 보니 이 손님 저 손님 기분 맞춰 주느라 고생한 게 있고……. 혼자되고 나서 맘고생 몸 고생 했으니 그럴 만도 하지…. 자슥, 팔자가 존 거 같구만 예닐곱이나 어려 보이구. 아니야, 내 눈이 좀 나빠진 게 분명해.'

커피 쟁반을 들고 가자, 이미 앞서 갖다 놓은 물 컵은 비워져 있었다.

"따뜻한 물 한 잔 더 드릴까요?"

"아 예, 그래 주실래요. 서너 번은 더 주셔야 될 거예요."

"따뜻한 물이야 서비스 차원인데, 속이 상당히 추우신가 보네요. 따뜻한 물을……."

"그 애가 물을 자주 많이 마셨거든요……."

'뜬구름 없이 그 애라니? 뭐야, 여자를 말하는 거 같은데? 참내, 그 애라는 사람은 이 자리에 없잖아. 물로 뭘 하려고 그러지?'

"그 애라뇨? 아하, 연인을 말씀하시는군요?"

"사장님은 저기 내리는 눈을 보면 무엇이 생각나세요?"

'엥? 또 뜬구름 없이? 종잡을 수가 없네. 어이, 여보쇼, 유치하게스리……. '

"글쎄요. 손님은?"

먼저 말할 수 있었지만 직업상 손님에게 양보하는 액션을 취했다.

"저요? 음, 전 눈물이라고 생각해요……."

'에잉? 눈물? 짐 장난 하나? 눈이 눈물이라니 정말 잼 없군. 어려 보이는 이유가 다 있었구먼. 여보세요, 그건 눈을 모욕하는 은유입니다.'

"눈물이라……. 아주 멋진 비유네요."

속으로 하고 싶은 말은 숨기고 겉으로 하는 말을 뱉었다.

"그래요? 칭찬으로 받겠습니다. 저는 눈과 비를 눈물이라고 생각하죠."

'오케! 비야 눈물과 직접 연결이 되긴 하지. 눈이나 비나 녹으면 물이 되니깐. 둘 다 맞긴 맞네. 근데 넘 상투적인 표현이야.'

"작가이신가요?"

정중하게 물었다.

"아아, 아닙니다. 그냥 그런 생각이 들었습니다."

그는 정색하며 손을 흔들었다.

"실례지만 저희 가게 오신 적 있습니까? 제가 웬만하면 기억을 하는데……."

"그래요? 제가 보기엔 이 가게 주인이 바뀐 게 아닌가요?"

"제가 이 년째인가?"

그는 테이블 옆 책장에 꽂혀 있는 노트를 하나 집었다.

가게를 인수할 때부터 제자리에 있는 노트다. 노트는 이미 헐어서 몇 장이 뜯겨나간 상태다. 그는 그 노트를 몇 장 넘기더니 평범한 필체로 쓴 글을 내밀었다.

'내 앞에서 지금 내리는 눈을 바라보고 있는 당신, 당신의 사랑스런 눈빛, 나의 사랑, 지금처럼 내일도 내년에도 아니 내 삶이 끝나는 그 순간까지 영원하였으면……. 그저 티끌만큼도 욕심 없이 기대해요…'

"그럼? 이 글을 쓰신 주인공입니까?"

글의 주인공인 것이 확실하자 놀라며 물었다.

"하하하, 네에 그렇습니다. 좀 유치한가요?"

"아아, 아닙니다. 언제 쓰셨는지……. 죄송하고 창피스런 말씀이지만 오늘 손님 덕분에 처음 본 글입니다. 사실 여러 권의 책과 노트는 있지만 제대로 읽어 본 적이 없습니다. 죄송합니다."

"죄송할 거까진 없습니다. 누구나 자기 일 외에는 별로 관심 없잖아요."

"에구, 그런 뜻은 아니고……. 아무튼 글 내용만으로는 연인과 이런 날 오셨던 적이 있으셨군요?"

"네에, 이 년 전인가……. 이곳 이 자리에 제가 있었고 맞은편에 그 애가 앉아 있었지요. 테이블과 의자는 그 때나 지금이나 변한 게 없군요."

"아, 네……. 실례지만 지금은?"

"지금이요? 보시는 대로……. 음, 그애나 저나 서로의 자리에서 이렇게 세월과 함께 늙어 가고 있겠지요. 하하하."

"아, 죄송합니다. 그런 뜻이 아니었는데……. 자꾸 실례되는 질문만 하게 되네요."

"아닙니다. 다 지나간 일인데요 뭘……."

뒷말을 흐리는 남자의 얼굴은 이내 어두워졌고 그의 눈동자엔 눈물이 살짝 비쳤다.

'자식……. 멋지군. 아하, 그래서 내리는 눈을 눈물이라고 말했구먼…….'

"정말 미안합니다. 저로 인해……."

"아아, 아니라니까요. 다 옛날 일인데요."

태연한 척 커피 한 모금을 입술에 적시는 그 남자의 모습은 새삼 멋지게 보였다. 남자도 아름다울 수 있다는 말은 이런 장면에서 쓸 수 있다.

"그분 소식은 듣고 있나요? 아니면……."

"안 듣고 안 보는 게 낫지요. 그 애는 첨부터 다른 사람의 아내였고 저도 다른 여자의 남편이었으니……."

'뭐야? 가장 흔하고 뻔한 스토리? 이루어질 수 없는 사랑을 했구면……. 소위 불륜관계였다는 게 아닌가……. 에힝, 우째, 왜, 하필 그런…….'

"손님도 아픈 사랑을 하셨군요?"

"푸하하, 사장님 표현은 상당히 우회적으로 하시네요. 솔직히 말하자면 불륜이었지요. 하하하, 세상 사람들이 말하는 불륜!"

자신의 속이 그 남자에게 들키자 놀란 가슴은 이내 핑곗거리를 찾았다.

"외람된 말씀이지만 저는 불륜도 관계에 따라 사랑이라고 말하고 싶은데요?"

"예에? 사장님은 상당히 너그러운 분이군요. 현실에선 지탄의 대상인데. 그런 말을 잘못 표현하면 도덕적으로 문제 있는 사람으로 보일 수 있습니다. 말씀을 조심할 필요가 있습니다. 물론 저에겐 예외지만. 혹시 사장님도?"

"아아, 아닙니다. 혹시 차 가지고 오셨습니까?"

자신의 마음을 고스란히 들켰다. 서둘러서 다른 핑계로 화제를 돌렸다.

"물론이지요. 올라오기가 좀 그래서 저 밑 공터에 주차해 두고 걸어 왔습니다. 그건 왜 묻죠?"

"아 예, 시간만 넉넉하시다면 제가 칵테일 한잔이라도 대접할까 해서요."

진심이었다. 카페 주인과 손님 관계를 떠나 공허한 자신의 내면을 지금 그와 나누고 싶었다. 처지가 비슷해서 어떤 이야기라도 할 수 있을 것 같았다. 특히 오늘 같은 날은 더욱 그랬다.

"예에? 그럼 감사하지요."

"저는 블랙러시안(Black Russian)을 즐겨합니다. 칵테일 치곤 남성처럼 강하고 알코올 도수도 높은 편이거든요. 커피 향도 은은하게 나고요."

"아, 그렇습니까? 저도 좋아합니다. 잘됐네요."

좋아하는 칵테일도 같아선지 표현할 수 없는 동질감을 느꼈다. 그의 놀란 토끼 같은 표정은 귀여웠다.

"그럼 잠시만 기다리세요. 얼른 가져오도록 하겠습니다. 참, 제가 귀한 시간을 뺏는 건 아닌지 모르겠습니다."

"천만에요. 괜찮습니다. 오히려 좋은 주인을 만난 것 같아 우울했던 기분까지 좋아집니다."

+ + +

"제가 과거의 연인 자리를 잠깐 실례해도 되겠습니까?"

왼손으로 잡은 잔을 그 앞에 살짝 내려놓았다.

"네에? 그 자리의 주인은 사장님이시니 제가 허락할 입장은 안 되지요?"

"그럴 리가 있나요. 지금 이 두 자리의 주인은 손님이십니다. 손님은 지금 이 자리에 계셨던 그녀를 생각하고 있고 아니 그녀가 있다는 확신으로 이 자리에 계시는 것이고 그녀와 사랑을 속삭이고 계시는 겁니다. 제 말이 틀립니까?"

"분위기 있는 카페를 운영하시는 분이라선지 말씀을 적절하게 잘하시네요. 사실 너무 보고 싶습니다."

"그랬군요. 당신이 제 가게로 들어온 순간 뭔가 알 수 없는 묘한 분위기가 있었습니다. 제 예상이 맞아서 너무 기쁩니다. 앞에 계셔야 할 분도 손님의 마음을 알고 오셨으면 참 좋겠네요."

"하하하, 재밌는 분이네요. 암튼 블랙러시안 한 잔으로 저의 소중한 사랑의 기억을 다 가져가겠다면 사양하겠습니다. 하지만 이한 잔만큼은 소중하게 마시도록 하겠습니다. 자아, 건배할까요?"

"아 네네, 그러죠."

부딪치는 유리컵 소리는 바깥 날씨만큼이나 날카롭게 들려 왔다.

"이 글을 쓸 때 어떠셨어요?"

"글쎄요. 아팠던 거 같아요. 가슴이. 가슴이 아렸습니다. 세인들이 나를 바라보는 것을 무척 신경 쓰는 그런 부류의 사람인데 제스스로 생각해도 답답할 정도로 세상을 살았으니까요. 워낙 사는게 자신감이 없다보니 사람 만나는 것도 소극적이었던 것 같아요.
그 애를 만난 순간부터 저는 저의 천성과 현실 앞에서 무척 당황해 했어요. 많은 고민을 했습니다. 정말 사랑하는 것인지, 아니면결혼 생활 십여 년 만에 오는 흔히 말하는 권태인지……"

"그럴 수도 있겠네요. 혹시 그런 뜻에서 좀 전에 말씀하신 눈이눈물이라는 말씀을? 그렇다면 그 여자 분과 사귀면서 당신은 많은 고민을 하셨겠군요?"

"저와 같은 입장이라면 누구나 마찬가지일 거라 생각합니다. 예,

맞습니다. 저는 사랑 뒤엔 눈물이 따른다고 생각합니다. 세상 사람들이 말하는 불륜을 하고 또 한편으로는 여태 가져보지 못한 사랑의 감정을 느끼고, 평생 가져보지 못했던 그런 감정을 세상의 눈이 두려워 자꾸 도망가려 했어요. 하지만 도망을 생각하면 할수록 그 애의 존재는 더 커졌고 사랑은 깊어졌어요."

"제가 한 잔 더 해야 할 거 같습니다. 한 잔 더 하실 수……"

자신의 맘이 더 급해졌다. 손님에게 많은 말을 시켜야 되겠다고 생각하면서도 취하고 싶은 건 정작 자신이었다. 이 손님은 어디선가 들어본 이야기를 하고 있다.

"하하하, 이번엔 제가 한 잔 사죠? 아니 그냥 병 째로 가져오시는 것도 괜찮고요."

"네에? 대낮엔 취하면 님도 못 알아본다고 하던데. 혹여 님이 여기 오시면 어쩌려고 그러십니까. 괜찮겠습니까?"

"하하하, 저야 작정하고 온 사람이고, 올 일도 없을 테고, 장사하시는 분이……. 그건 제가 물을 말 같습니다."

"그런가요? 오늘은 장사가 제대로 될 거 같지가 않으니 오랜만에 한잔해야겠네요. 특히 손님과의 대화라면 문까지 닫을 각오도 되어 있습니다. 아예 문 닫아야겠네요."

동민은 팻말을 크로스가 보이게 돌리고 블랙러시안을 갖고 나왔다.

"스트레이트 어때요?"

"네에, 좋지요."

잔을 채우는 짧은 시간에도, 어떤 말로 이 사람의 말문을 계속 열게 할지 궁리했다.

"이렇게 눈 내리는 날이면 그 분이 생각나시는 겁니까?"

"글쎄요. 잘 모르겠습니다. 시간이 흘렀는데도 가슴 한 쪽이 그냥 시립니다. 특히 눈이나 비가 내리면 더욱 그러네요."

"아직도 감성이 넘치는군요. 그토록 좋아했던 분을, 순순히 돌려보내셨나요?"

"그 또한 모르겠습니다. 제가 보낸 건지 제가 그 애의 버림을 받은 건지 아니면 그냥 서로 자연스럽게 제자리로 간 건지 하여간 잘 모르겠습니다."

"모른다는 말씀만 하시네? 설마, 그토록 사랑했던 사이가 특별한 이유 없이 헤어질 일은 없을 겁니다. 설령 헤어질 일이 있었다 해도 그리 쉽게 돌아설 수는 더욱 없었을 거고요."

사실 그랬다. 동민은 그에게 뭔가를 듣고 싶었다. 하지만 그는 모른다고만 한다. 왜 자신의 마음이 더 급한 걸까?

"그렇게 되나요? 근데 사실인 걸 어쩝니까. 아무 것도 모르겠어요. 모 시인이 그랬지요. 사랑은, 하얀 바람처럼 왔다가 검은 바람이 되어 사라진다고 또 제대로 사랑하려면 오늘이 마지막인 것처럼 하라고⋯⋯."

그는 대답을 마치면서 창밖으로 눈동자를 돌렸다.

'사랑은, 하얀 바람처럼 왔다가 검은 바람이 되어 사라진다고? 그러니 제대로 사랑하려면 오늘이 마지막인 것처럼 하라고? 사라지기 전에?'

+ + +

바깥 세상은 더 짙은 회색이었다. 아직도 하늘 창고엔 내릴 눈이 많이 남았나 보다. 내리는 눈을 바라보던 그가 입을 열었다.

"자연은 참 아름다워요……. 근데 왜 저런 아름다움 뒤에 고통이나 아픔 등의 그림자가 있는지 정말 모르겠어요……."

"그러게요. 그래서 독일 작가 괴테가 이런 말을 했다고 하잖아요. 사랑에 고통이 없으면 사랑이 아니다. 사랑이 저 하얀 눈처럼 기쁘고 즐겁고 행복만 하다면 참 좋겠지만……. 사랑은 양면성이 수레바퀴처럼 돌아가는 것 같아요."

"명언이네요. 괴테는 사랑을 해봤을까요? 그러니 그런 명언을 역사에 남겼겠지요?"

"그는 독일이 낳은 천재시인이라고 알려졌지만 흠이 한 가지 있었대요. 엄청난 바람둥이였대요. 좋게 말하면 영웅은 호색가라고 하니. 자그마치 공개된 여성이 열댓 명이라고 하는데 실제 얼마나 될지 모르죠 뭐."

"아이러니하네요. 사랑을 고통이라고 비유한 사람이 여성편력이 있었다는 거잖아요?"

"스치고 만난 여성이 몇 명인지는 그만이 알겠지요. 아무튼 좋은 작품 때문에 그런 허물에도 불구하고 역사에는 멋지게 남겨졌잖아요."

"어떻게 그 많은 여성을 사랑할 수 있었을까요? 그게 가능한가요?"

"맞아요. 저도 손님과 동감입니다. 암튼 괴테의 작품은 여성을 빼면 작품을 말하기 어렵다 하니 아마도 그의 마음을 흔들었던 흔적들은 작품에 고스란히 남아 있는 것 같아요. 특히 우리가 잘 아는 괴테의 대표작 『젊은 베르테르의 슬픔』이 그의 경험을 바탕으로 썼다고 알려져 있잖아요. 자전적 슬픈 연애소설……."

"그래서 '사랑에 고통이 없으면 사랑이 아니다.'고 말했나 보네요. 그 책 내용 대로라면 그도 참 많이 아팠겠네요."

"혹시 손님도? 괴테의 심정을 충분히 이해한다는 말씀이지요? 수많은 여인이 스치고 만났음에도 불구하고 베르테르가 오직 로테만을 생각하잖아요. 그리 보면 진짜 사랑은 오직 하나인 것 같아요."

"누구나 꿈꾸고 갈망하는 거 아닌가요?"

알코올 덕분인지 얼굴이 붉게 변한 두 사람은 죽마고우처럼 서로의 질문과 답을 스스럼없이 주고받았다.

"에구, 지금 마시는 블랙러시안처럼 제가 분위기를 무겁게 하는 거 아닌가요? 혹여 들어보셨습니까? 러시아에선 정작 이 블랙러시안이라는 말을 싫어한다고 하네요."

자신에게도 손님에게도 느긋함을 주기 위해 엉뚱한 말로 화제를 돌렸다.

"예, 어디선가 들어봤어요. 하지만 저는 반대입니다. 블랙은 불의에 항거하던 즉 힘없는 사람들의 모습을 볼 수 있습니다. 그들이 이 한 잔을 마시면서 어떤 생각을 했겠습니까. 힘없고 자신을 내세울 수 없는 그런 심정, 내 것을 차지하지 못해 아파하는 심정, 그래서 까맣게 타는 심정, 저는 그래서 많은 종류의 칵테일을 놔두고 이 칵테일을 좋아하나 봐요."

"하하하. 모든 소재가 님과 연결되는군요? 이 노트에 메모를 남긴 시점은 그녀와의 관계가 어느 정도였습니까?"

"글쎄요……. 어느 정도라기보단, 서로 만나면 으레 밥 먹고 차 마시고, 드라이브도 하고, 특별한 시점은 아니었던 거 같은데? 그 애와 있으면 그냥 좋고 편하고 그랬어요. 물론 서로 편하게 마주한 듯하면서도 서로 사랑을 하면서도 보이지는 않지만 늘 거리가 있었던 거 같아요. 아닌가? 그 애의 맘을 정확히 모르지만 저는 불안했던 거 같아요. 어차피 서로가 가진 것을 책임질 것을 버리지 않는 한 둘의 끝은 이미 나와 있으니 사실, 저는 그런 제 자신이 싫었어요. 그저 가는 대로 오는 대로 편하게 생각하면 될 것을 저는 항상 그랬어요. 그런 중에도 자꾸 확인을 하려 했죠. 그때마다 그 애는 언제나 태연했던 거 같고 참 이상하게도 태연한 그 애의 모습은 정말 싫었던 거 같아요. 제 자신만 고민한다고 생각했던 거죠. 나중에 알고 보니 그 애는 저보다 더 불안해하고 더 아파했던 거 같아요. 그래서 제가 그 애를 못 잊는 거 같습니다. 그 애를 너무 몰랐던 거죠. 제 욕심만 생각하다가 그 애가 떠나고 나니 이것저것 미안한 게 너무 많기도 하고, 흐흐, 취했나 보네요. 두서없는 말만 하고……."

"아닙니다. 충분히 이해하고 공감이 갑니다. 젊은 베르테르의 맘과 같아요. 그가 돌아와 보니 사랑하는 로테는 다른 사람의 아내가 되어 있었어요."

"그 상실감 알 것 같아요……."

"손님, 손님뿐 아니라 보통 사람들 모두 같은 심정일 겁니다. 저도 마찬가지일 거구요. 누군가를 사랑하는 건 결코 죄가 아닌 것 같아요. 제가 사랑의 의미를 좀 일찍 알고 이해했더라면…….

암튼 괴테가 베르테르를 통해 전하고 싶었던 건 가질 수 없는 사람을 갖고자 할 때 많은 사람들에게 비난을 받는 거였어요. 아무도 자신의 그 마음을 이해하려고 하지 않았다는 거지요. 인간은 자기가 사랑하는 사람을 갖지 못할 때 그 아픔과 상실감이 엄청난데 그 누가 그를 이해할 수 있겠어요. 이룰 수 없는 사랑 때문에 슬픔에 빠진 베르테르, 감히 말씀드린다면 저는 티끌만큼이라도 이해할 수 있어요.

그러니 손님도 앞에 그 애라는 분이 앉아 있다고 생각하시고 그분에게 못했던 말 있으면 하세요. 마음이 조금은 풀릴 거라는 생각이 듭니다. 손님은 그 분에게 못했던 말이 너무 많을 겁니다. 그래서 더욱 그 분을 그리워하고 자신의 가슴을 치고 있잖습니까. 자, 한 잔 더 받으시고요."

말없이 잔을 든 그는 이미 취기가 올랐다. 컵을 쥔 손가락이 약간 떨렸다.

"맞습니다. 저는 그 애 앞에서는 별로 말을 하지 않았어요. 대체로 그 애가 말을 하는 편이었고 저는 듣는 입장이었죠. 듣기만 해도 그냥 좋은 거 있잖아요."

"그건 성격 차이가 아닐까요?"

"물론이죠. 저는 말하는 것보단 생각하거나 듣는 걸 좋아하는 편이죠. 하지만 사랑하는 사람을 두고도 제 자신을 다 줄 수도 보여 줄 수도 없음은 사장님 말씀처럼 당시에도 속이 많이 상했죠. 근데 지금 나오는 저 곡 제목이 뭔가요?"

"아, 예 김 모라는 가수의 두려움 없는 사랑일 겁니다. 왜 곡이 맘에 들지 않습니까? 바꿔드릴까요?"

"아아, 아닙니다. 예전에 저도 많이 듣고 혼자서 흥얼거렸던 곡인 거 같아서요. 좀 전에 끝난 박 모 씨의 곡도 참 많이 불렀던 거 같은 데 멜로디는 기억이 잘 나는데 가사는 좀처럼…… 세월 탓인 가……."

"하하하, 나이야 숨길 수 없는 진실 아니겠습니까. 손님이나 저 같은 세대는 그런 낭만은 있는 거 같아요. 사랑도 아날로그 방식으로 했다고 해야 하나. 이 곡 제가 좀 부를 줄 아는데 한번 불러드릴까요? 손님에 대한 서비스라고 하죠. 어차피 더 이상 손님은 오지 않을 거고 술기운을 빌려서라고 하지요."

"에고, 별 말씀을, 저야 너무너무 고맙지요. 그럼 부탁 좀 해도 될까요?"

"예에, 한잔 했겠다. 좋은 분 모셨겠다. 분위기 좋겠다. 어디 한번 불러봅죠! 아 근데 통성명도 안 했네요. 저는 이동민이라고 합니다."

"저는 김성혁입니다."

어설프게 손을 내밀어 악수하고 카운터로 갔다. CD 순서를 맞춰 놓고, 카운터 옆에 세워 둔 기타를 들고 자리로 돌아 왔다.

"전 가수가 아닙니다. 속으로 욕하지 마세요? 사실, 혼자만의 시간에 고독하고 외로울 때 불러보곤 하는데 손님 앞에선 꼭 불러보고 싶네요. 이 곡을 오늘 제 가게에 오신 귀하신 김성혁님에게 들려 드립니다!"

"감사합니다. 절대 그런 생각은 안 할 겁니다. 편하게 부르셨던 대로 부르세요. 그저 영광입니다."

말로는 손님에게 들려준다고 했지만 혼자된 후 고독과 외로움에 살고 있는 자신에게 들려주고 싶었다. 얼마 만에 사람과 주고받는 이야기인가. 역시 분위기와 술은 사람의 마음을 솔직하게 해주는 힘이 있다.

"아, 네에 감사합니다. 그럼……"

'한번만 나를 안아 주세요 아무런 말도 하지 말아요. 이대로 영원히 함께해요 가슴이 메어져 오네요⋯⋯.'

지그시 눈을 감았다. 아내가 하늘로 간 후에 혼자 살면서 밤마다 수없이 불러 본 곡이다. 가사도 달달 외울 정도다. 노래를 부르는 중간에 간간히 눈을 떴다. 곁눈으로 그를 바라봤다.

그는 고개를 숙인 채 술잔을 주시하고 있지만 눈가에 고인 눈물방울은 숨기질 못했다. 누군가를 사랑한다는 것은 지금 내리는 눈이 녹아 물로 변하듯 즐거움과 환희 뒤에 이별의 고통과 아픔도 따라온다는 것을 전제로 해야 한다. 그는 그 길 위에서 홀로 걷고 있는 것이다. 저 사람이 부럽다는 생각을 했다. 자신도 새로운 사랑을 할 수 있을까. 설령 현재 사랑은 없더라도 지난 사랑이 있어서 회상할 수 있는 기회가 있었으면 좋겠다고 생각했다. 2절을 시작하면서 눈동자를 기타 줄로 옮겼다.

'시간은 우릴 또 갈라놓고 이렇게 돌아서야 하는데 아는지 모르는지 저 새벽은 애타게 밝아져 오네요⋯⋯. 내 모든 것을 다 잃어도 좋아 이렇게 함께 있으면⋯⋯.'

후렴을 부르는 동안 그는 멀뚱멀뚱 자신을 바라보고 있었다. 소리 없는 박수를 치는 것 같았다.

"정말 잘 부르시네요. 듣기가 참 좋아요."

"에구, 별 말씀을, 아무튼 고맙습니다. 끝까지 들어 주셔서 감사합니다. 손님도 답곡 하셔야죠. 제가 마이크 준비할게요."

"아아, 아닙니다. 저는 노래 할 줄 몰라요."

그는 손사래를 치며 금방이라도 뛰어나갈 것 같은 자세를 취했다.

"에이, 괜찮아요. 한잔했겠다. 이럴 때 아니면 언제 하겠어요. 기분도 그런데 자요!"

그의 손바닥을 강제로 펴고 마이크를 쥐어 주었다. 그는 몇 번이나 엉덩이를 뺐다. 그러더니 마지못해 일어났다. 노래책에 나와 있는 곡 번호를 반주기에 입력했다. 애절한 전주곡이 흘러 나왔다. 한 모 가수의 '연인'이었다.

'다시 만날 수 있을까 이 밤 지나면 나의 가슴에 이별을 두고 떠나가는 사람아
이젠 부르지 않으리 애써 다짐해 놓고 밤이 새도록 그대 생각에 눈을 적는다
미운 사람아 정든 사람아 어디서 무얼 하는지 보고 싶어서 몸부

림처도 만날 수 없는 사람아

내가 세상에 태어나 너를 만나 사랑한 것이 지금 나에겐 전부야 다시 돌아와……'

그는 노래를 부르는 건지 울고 있는 건지 가슴에서 나오는 그녀에 대한 아련함, 사랑을 다하지 못한 슬픔 등 여러 감정이 섞여서 카페 안에 울렸다. 후렴에선 아예 두 눈을 감았다.

'미운 사람아 정든 사람아 어디서 무얼 하는지 보고 싶어서 몸부림 처도 만날 수 없는 사람아 내가 세상에 태어나 너를 만나 사랑한 것이 지금 나에겐 전부야 다시 돌아와 다시 나에게 돌아와 그 언제라도……'

부러웠다, 누군가를 사랑한다는 것이 얼마나 아름다운 건지. 그의 노래는 노래가 아니다. 사랑하는 사람만이 할 수 있는 감정 표현이다. 노래를 마친 그가 마이크를 돌려주면서 말했다.

"잠깐 실례하겠습니다. 화장실 좀."

"아, 네네 그러시죠. 화장실은 밖으로 나가서 왼쪽입니다."

그는 자신의 손바닥을 눈 주위에서 떼지 않는 것으로 보아 눈물

방울을 감추고 있는 것 같았다. 그런 그를 잡아 둘 순 없었다.

+ + +

창문 한쪽을 열었다. 눈과 바람이 기다렸다는 듯 밀려 들어왔다. 하얀 눈들이 경쟁하듯 밖에서 안으로 뛰어 들어왔다. 눈이 뺨에 닿자 상쾌했다. 찬 공기도 춥지 않을 정도로 온몸에 퍼진 알코올이 방어했다. 조금 전 그를 부러워한 이유를 다시 생각했다.

낮에는 장사를 하느라 고독이나 외로움을 느낄 때가 없었다. 그러나 가게 문을 닫고 카운터 옆을 개조해 만든 작은 방에 들어가는 순간, 알 수 없는 우울함과 쓸쓸함이 엄습한다. 그 시간이 두렵다. 이 넓은 세상에 혼자란 게 무섭다. 그럴 때마다 냉장고 문을 연다. 소주, 맥주, 막걸리 심지어 양주가 냉장고 안에 자리하고 있다. 그날그날 잡히는 대로 마셨다.

어제도 소주 2병을 마셨다. 그것도 모자라 맥주도 캔을 2개나 땄다. 그리고 잠들었다. 꿈에서 아내를 만났다.

아내는 하늘의 별을 보면서 중얼거렸다. 자기가 옆에 똑바로 서 있는데도 하늘만 쳐다보고 있었다. 아내의 팔을 잡았다. 나를 봐 달라는 액션이었다. 그러나 아내는 내 손을 뿌리쳤다. 어떻게 저리 야속할까. 어떻게 사람이 마음이 백팔십 도 냉탕이 될까 겁이 났다. 동민은 미안하다고 했다. 아내는 소용없다고 표정으로 답했다. 다시 미안하다고 하면서 두 팔로 아내를 끌어 당겼다. 그러나 아내는 한 줌 흙이 되어 사라져 버렸다.

눈을 떠보니 새벽 3시였다. 벌써 비슷한 꿈을 여러 차례 꾸었다. 잠을 깰 때마다 땀에 흥건히 젖어 있다. 그 이후로는 잠을 자지 못한다. 이런 생활이 지겹다고 생각했다.

다시 창문을 닫았다. 밖의 온도는 더 낮아졌지만 마음은 따뜻했다. 손님이 지난 사랑을 그리워하는 동안 아내를 꿈에서라도 보는 게 다행이라고 생각했다. 잊고 살려 했던 자신의 기억을 저 손님 때문에 새록새록 떠올렸다. 손님이 고맙게 느껴졌다.

자신도 기회가 되면 새로운 사랑을 하고 또 먼 훗날 지금처럼 자신의 사랑 이야기를 할 기회가 올 것이다.

+ + +

'오랜만에 일기 예보가 적중하는 것 같군. 그나저나 화장실 간 사람은 얼어 죽었나……. 함흥차사네…….'

"아이고 바람이 칼이네요……. 화장실이 좀 춥던데요?"

생각이 떨어지기가 무섭게 화장실에 갔던 그가 들어오면서 말을 걸어 왔다.

"이런 날씨까지 예상해서 화장실을 내부에 만들었어야 하는 데 조금은 아쉽지요?"

"가게를 인수하신 거라면서요? 사장님 같은 분이 처음부터 만들었으면 안에다 잘 어울리게 지었을 거 같아요. 하하하, 농담입니다."

"그렇게 봐주시면 고맙고요. 제가 이런 카페를 할지는 예전에 미처 몰랐거든요."

"누구나 마찬가지 아니겠습니까. 자신의 앞으로의 일을 다 알 수 있다면, 누가 고생하고 누가 힘들게 살려고 하겠습니까. 다들 쉬운 길로 가려고 하겠지요."

"그렇겠지요……. 자, 한 잔 더 받으시지요?"

"에구, 이거 건하게 취한 거 같은데, 이러다 가다가 얼어 죽는 거 아닌가 모르겠네요. 아직 책임질 사람들이 셋씩이나 있는데……."

"하하하, 그럴 리가 있겠습니까? 댁이 어딘지는 모르겠지만 집에까지 가는 건 제가 책임지지요. 제가 대접했으니 끝까지 책임진다는 말입니다."

"말씀만으로도 감사합니다. 제가 카페 선택 하나만큼은 탁월했던 거 같아요. 여길 처음으로 발견한 것도 사실 저였거든요."

"아하, 그랬습니까? 암튼 제가 거듭 감사합니다. 제 가게를 좋게 봐주셔서. 자, 또 건배하죠!"

잔의 소리가 밖의 바람 때문에 창문이 흔들리면서 소리는 크지 않았다. 다만 두 사내의 대화만큼은 아직도 문턱에 선 듯 조심스럽게 진행되었다.

"실례되는 말인데요. 손님이 말하는 그 애란 분은 어떻게 만났습니까? 듣고 싶군요."

"네에? 어떻게 만났냐고요?? 하하하, 글쎄……."

"설마, 잊었다고 말씀 하시려고? 에이, 그건 아니리라 봅니다!"

"아니, 사장님이 확신하는 건 뭐죠?"

"그거야 너무 쉬운 질문이죠. 사랑하는 사람과의 첫날을 잊을 수가 있겠습니까? 첫날을 잊을 정도인데 몇 년을 가슴에 간직할 순 없죠. 암암, 저는 그렇게 생각합니다. 사랑하는 사람과의 기억은 자신이 상대에게 행했던 사랑만큼 비례해서 기억에 남을 겁니다."

"그렇습니까? 그럼 사장님의 사랑관 좀 먼저 말씀해 주실래요. 사랑이란 무엇입니까?"

"하하하, 조금은 엉뚱하시네요. '사랑이란 무엇입니까?'의 답을 그 어느 누가 몇 마디의 언어로 대신 할 수 있겠습니까?"

"질문한 제가 좀 우둔하긴 합니다. 이해하세요."

"하하하, 아닙니다. 제 말은 그 어느 누구도 몇 마디의 말로 대신 할 수 없는 게 사랑의 정의가 아니겠습니까? 저 또한 손님과 다를 바 없습니다. 그저 자신의 맘에서 나오는 대로 표현하는 게 사랑이라고 생각하니까요."

"동감합니다. 우연히 찾아 온 상대가 죽음보다 더 무서운 사이가 될 줄 누가 알겠습니까. 사람마다 인연을 만나는 시간과 장소가 다른 것처럼 사랑에 대한 생각도 제각기일 겁니다. 다만 사랑은 사랑에 머물러야지 사랑을 빙자하여 자신의 욕심을 내지 말아야 한다고 생각합니다. 또한, 나 자신이나 상대나 현재의 만남에서, 사랑과 비사랑에 대한 그 구별을 판단을……. 제대로 하느냐와 못하느냐가……."

"그 말은 당신은 욕심을 내셨단 말과 그 분에 대한 사랑을 제대로 구분하지 못했다는 말씀인가요?"

"부끄럽지만 사실입니다. 아니, 사랑에 대해 몰랐단 말이 더 정확한 답일 거 같아요. 너무 몰랐어요. 사랑을. 너무 늦게 알았거든요. 그래서 제대로 된 사랑을 할 줄 몰랐어요."

안타깝다. 이 손님도 자신과 같은 부류다. 예상컨대, 인간이라면 어느 누구도 사랑을 완벽하게 표현할 수 없다. 문득 1년 전 그 여자와 나눴던 이야기가 연결되었다.

"사랑을 몰랐다. 늦게 알았다. 손님의 말이 아마도 사랑에 대해 가장 정확한 표현일 겁니다. 사랑에 관한 한 인간 모두는 아마추어 일겁니다. 사랑엔 프로가 없습니다. 사랑을 수없이 해 본 사람이라 해도 예외가 아닐 것입니다. 지금 사랑하고 있는 사람들 모두 감히 말하건대 나이나 학벌이나 국경이나 그 어떤 경우에 자신이 처했더라도 아마추어일 겁니다."

"사장님은 몇 수 위의 사랑에 대한 논리를 펴시는 군요."

"그리 봐 주시니 감사합니다. 이 또한 칭찬으로 받겠습니다. 오늘 손님에게 여러 번 칭찬을 받습니다."

"좀 더 일찍 앞에 계신 사장님을 알았더라면 이렇게 마음 아플 일이 없었을 거예요."

"사랑에 대해 몰라서, 그분과 헤어지게 되었다는 말씀인가요?"

"슬프지만 사실입니다. 헤어졌다는 말보단 도망쳤다는 게 적절한 표현이라고 봅니다. 제가 지금 거짓으로 말할 게 뭐가 있겠습니까. 지금 마시는 이 블랙러시안이 저를 진술한 사람으로 만드네요. 온통 거짓과 위선과 이기와 욕심과 자만과 교만에 젖어 있었던 저를……

사랑은 결코 그런 마음으로 해선 안 된다는 것을……. 지금 다시 사랑을 한다면……. 다시는 실수하지 않을 거 같아요. 하지만 그 애와 같은 사람은 이 세상 어디에도 없을 텐데……"

"설마 그 애란 분이 죽은 건 아니지요? 이 세상 어디에도 없다는 말을 하시니. 이런 말이 지금 어울릴지 모르겠고 자격도 없고 사랑에 대해 별로 아는 것도 없지만 저는 손님과 그 애란 분이 참 부럽습니다. 두 분은 서로 이별 통보를 안 한 상태라면서요? 그러니 헤어진 것도 아니도 그분과 앞에 계신 분이 서로 진정한 사랑을 했던 사이였다면 희망은 있을 겁니다."

"희망? 어떤 희망? 다시 만날 수 있는 희망을 말하는 건가요?"

"예, 그런 희망은 분명히 있을 겁니다. 사랑은 현재진행형이니까요."

"약간 엉뚱한 말씀이시네요. 재회라니. 그 앤 재회란 단어와는 어울리지 않아요."

"또 속단하시네요. 그 애란 분을 손님이 다 아는 것처럼 그래서 연인 간에 다투고 헤어지니 마니 하는 겁니다. 아닙니다. 사랑은 겉으로 보기에는 없어진 거 같으면서도 가슴 한 구석에서 다시 꿈틀댑니다. 다시 소생된다는 말입니다. 사랑의 생명력은 엄청나거든요. 그 여자 분도 당신과의 지난 시간을 잊을 리 없습니다. 사람들이 말하죠. 이별한 사람도 시간이 지나면서 따라 잊힌다고요. 내게서 잊히는 사랑은 사랑이 아닙니다. 단지 한순간 사랑을 했다는 착각 속에서 있었던 거죠. 진정한 사랑은 과거의 인연을 지우개로 지우듯 완전히 지울 수 없습니다. 지우개로 지운 그 백지 위에는 다 지우지 못한 자국이 그대로 남아 있습니다. 그 자국이, 작년에 시들어 간 꽃이 봄에 새로 피는 것처럼……."

"그 애는 지운 자리를 더 밟으려고 노력할 겁니다. 다른 사람은 몰라도 그 애는 그럴 겁니다."

"속단하지 마십시오. 지금의 당신은 그 분의 생각을 다 읽을 수 없어요. 그 분의 생각을 당신이 다 아는 것처럼 확신하지 마십시오. 그것이 사랑을 서로 시험하려는 사람들이 서로 간의 사랑에 흠집을 내는 지름길이니까요. 사랑은 상대를 의심하고 판단하면 둑에 바늘구멍이 나서 차츰 무너지면서 나중에 망하고 무너지는 것과 같은 이치요."

"그럴까요⋯⋯. 사장님의 말씀대로라면 죽기 전에 다시 한번 볼 수 있을 거 같은 예감과 소원은 생깁니다. 특히 오늘 같은 날은 더 보고 싶네요."

동민의 눈엔, 그는 이미 그녀가 보고 싶어 미칠 지경이라고 얼굴에 쓰여 있었다. 당시 그 여자도 술을 마신 뒤에 자기가 사랑하는 남자 이야기를 꺼냈다. 술이란 것이 나쁜 역할만 하는 게 아니다. 저 앞에서 얼굴은 태연한 척하면서도 마음은 울고 있는 저 사람처럼. 어찌 사람이 다른 사람의 사랑을 온전히 이해할 수 있을까.

"그렇습니다. 진정한, 온전한 사랑은 두 개가 될 수 없어요. 단 하나예요. 어떤 사람이든 그런 하나의 사랑을 찾은 자가 있다면 그는 이 세상에서 가장 행복한 사람이 되는 것입니다. 특히 각자의 눈을 보고 그만 헤어지자를 통보한 게 아니라면 아직도 사랑은 진행되고 있는 거지요. 아마도 바람둥이였던 괴테도 진짜 사랑, 오직 하나의 사랑을 찾기 위해 그리 유랑하고 방황했는지도 모르죠."

"말씀의 방향과는 다르지만 그 애는 다른 남자의 사람입니다. 설령 다시 만난다 해도 변할 것은 없겠지요."

"하하하, 손님은 사랑을 머리로 계산하는군요. 콩트가 그랬어요. 사려분별이 있는 사랑을 하려는 남자는 사랑에 대해서 손톱만큼도 알고 있지 못하다고요. 도덕적으로 문제가 있다. 사회 통념상 도리가 아니다 등 이게 머리로 한다는 하나의 예입니다. 좀 거친 표현으로 들리겠지만 서로 하나가 되려면 그런 분별력보단 각자의 의지력이 필요하겠지요?"

"보통 사람은 다 그렇지 않나요? 의지력은 어떤 의미인가요?"

"한마디로 한다면, 온전한 사랑, 절대적 사랑의 관계라면 두 분 다 현실을 벗어나 하나가 되어야 한다는 말이죠. 이것저것 따지다 보면 아무것도 못한다는 의미지요."

"그 말은 서로 남편과 아내를 버리란 말이잖아요?"

"그치요. 진짜 사랑한다면 그 정도는 각오해야 한다는 말이지요. 그러나 대부분 타인의 시선이나 자식이나 여러 이유를 핑계 삼아 그렇지 못해요. 어쩌면 사랑을 빙자한 욕구나 욕망을 채우려는 시도일 수 있어요. 암튼 사랑은 인간의 판단으론 할 수 없다고 봐요."

"사랑하니까 결혼하는 거잖아요?"

"물론 그 말도 맞아요. 사랑해서 결혼하는 게 가장 이상적이지요. 대부분 당연히 사랑을 해서 결혼하는 것처럼 비춰지지만요. 물론 그리되어야 하고요. 한데 그 속엔 거짓 요소가 너무 많이 숨어 있어요. 예를 들어 돈을 보고 결혼하는 여자가 있는 데 그 여자가 남자를 사랑하기 때문에 하는 거라고 말한다면 그 증거를 어디서 찾을 수 있겠습니까?

조건을 보고 결혼하는 남자에게 너 조건 때문에 결혼하는 거지? 라고 물어 보세요. 백이면 구십 구점 구는 다 아니야 사랑해서 하는 것이야. 나의 결혼을 모욕하지 말아줘 하는 대답을 하지 않겠습니까?

아무튼 결혼은 사랑하지 않아도 할 수 있는 것입니다. 그래서 자신만의 진실한 사랑을 찾으려는 용기 있는 사람 중에는 결혼 후에도 이혼을 결심하는 경우가 생기는 것이죠.

사회가 현대화 과학화로 발전할수록 아마도 이혼의 퍼센트는 올라갈 겁니다. 이혼율 상승이 사회가 황폐화 되는 것처럼 도덕률이 떨어진다고 우려하는 지식인의 말은 도저히 앞뒤가 맞지 않는 모순 덩어리입니다. 그들은 자신들의 이기와 위선을 위장하려고 정확한 논리와 타당성을 제시하며 인간의 사랑을 왜곡합니다.

그렇다고 제가 이혼을 찬양하고 조장하는 그런 주의는 아닙니다. 단지 결혼과 이혼도 남녀가 사는 것과 헤어지는 것 차원이고 사랑의 범주 안에 포함된다는 것이지요. 다시 말하면 사랑의 밑 단계로서 사랑과 엄연히 구별되어야 한다는 것이지요."

동민은 그 여자에게 들었던 말을 침을 튀며 내뱉었다. 그녀는 말했다. 많은 아내가 남편을, 많은 남편이 아내를 사랑하지 않는다. 그럼에도 이혼하지 않고 산다.

"사장님의 말씀을 이해할 순 있지만 아직은 이른 느낌입니다. 아직도 대다수가 그것을 도덕과 윤리라는 말을 내세워 그 편에 서잖아요. 그러고 보니 사장님과 저는 유사한 면도 위험한 면도 함께 갖고 있군요."

"하하, 그렇긴 하네요. 맞아요. 도덕과 윤리라는 이름을 내세우는 사람들이 들으면 짐승이라고 하겠지요. 그러나 그리 말하는 그들조차 뒤에서는 별반 차이가 나지 않습니다. 인간이라면 함부로 남을 비판하고 정죄하면 그게 자신의 올무가 되거나 메아리로 돌아오지요. 즉 그런 본능을 위선과 가식으로 찾는 자들이 의외로

너무 많습니다. 솔직하지 못한 자들이에요. 사랑을 제대로 알지 못하면서 자신의 배움과 사고로 법과 윤리를 내세워 사랑을 추구하는 사람들을 욕하지요.

하지만 안타까운 게 있네요. 그 여자 분의 마음이야 제가 알지 못하지만 손님이 당시에도 그 분을 지금처럼 사모하는 심정이었다면 이혼해서 살 수 있는 건 아닌가요? 하하하, 너무 큰 액션일까요?"

"말처럼 쉬운 건 아니겠지요. 인간에게는 자유의지란 게 있잖아요. 좋다고 내 맘대로 살순 없는 거니까. 사장님 말씀처럼 사랑한다는 이유로 내 뜻대로 다하고 살 순 없지요. 그 애가 좋아서 살고 싶은 맘이야 없었겠습니까. 몇 번이고 아침에 같이 눈을 뜨고 밤에는 같이 눈을 감고를 꿈꿨지요. 하지만 그 애의 맘이 어찌 됐든 저는 자신이 없었습니다. 어떤 자신이라고 해야 적당한 말이 될지는 잘 모르겠네요. 철학자 칸트가 그러더군요. 두 가지 길을 놓고 사람들에게 선택을 말해요. 행복하게 살 것이냐 착하게 살 것이냐? 저는 그 중간에서 이러지도 저러지도 못하는 바보였어요."

"철학이야 잘은 모르겠지만, 저는 선택하라면 행복을 선택하겠어요."

"하하하, 사장님이 말한 여기서 행복은 사랑하는 여자를 선택하는 걸 말하는 거예요. 착하게 산다는 건 아내와 자식들, 즉 도덕과 윤리 때문에 확실한 결단을 못 내리고 사는 거구요."

"그렇군요. 죽도록 사랑을 했지만 함께 살기에는 자신이 없었다가 착하게 사는 방법이고 나의 욕망을 앞세워 그녀와 사는 건 행복하게 사는 거니까. 세상의 시선으로 착하지 않은 게 내겐 행복한 거네요? 제 개인적 생각으로는 그 여자 분도 손님과 동일한 마음이었을 거란 생각이 드네요. 두 분 다 자신이 원하는 행복 즉 사랑을 하기에는 용기가 부족하고 남의 시선을 생각해야 하니. 그러니 두 분 다 밤마다 더욱 서로를 그리워했을지도 모르겠습니다.

적당한 비유가 되는지 모르겠지만, 남녀 간에 같은 수치의 사랑을 한다고 가정한다면 여자 쪽에서 더욱 남자를 가지고 싶어 할 겁니다. 여기서 가지고 싶다는 것은 몸이 아닐 겁니다. 바로 마음이겠지요. 하지만 남편과 애가 있고 당신도 부인과 애가 있었으니 그것은 서로에게 큰 부담이 됐을 겁니다.

보통 사람은 남자든 여자든 비록 죽도록 사랑하는 사람이 생겼다 해도 자신의 가정을 쉽게 버릴 만큼 큰 용기는 없거든요. 그런 주위 배경이 당신들을 힘들게 했을 겁니다. 그러나 요즘 들어와서 남자든 여자든 가정에 매이지 않고 자신의 삶을 찾으려 나서는 자들이 늘어나는 건 엄연한 사실입니다."

어느 새 자신에 가슴 속에 있는 이야기를 술 힘을 빌려 손님에게 뱉기 시작했다.

"다시 처음으로 돌아가서 말씀드리겠습니다.

사랑과 결혼이 엄연히 다르다는 것에 대한 예가 하나 더 있습니다. 농촌 총각이나 본의 아니게 결혼이 늦은 사람들이 현대에 들어와서 국제결혼을 많이 하고 있잖습니까. 후진국 여성을 아내로 맞는 남성이 여성을 선택하는 것을 생각해 보세요. 남성이 여성을 사랑해서 선택하여 결혼을 하는 것입니까? 아닙니다. 그들은 남들이 결혼을 하니까, 아니면 남자와 여자는 무조건 결혼을 해야 하는 거니까, 그래서 자식을 낳아야 하니까 본능을 참을 수 없으니까. 기타 등등 즉 사랑이 없어도 결혼을 할 수 있다는 큰 예가 되는 것입니다.

그들이 나중에 눈을 떠서 진정 사랑하는 사람을 만나게 되었다고 칩시다. 그들은 두 갈래로 나눠질 겁니다. 하나는 이혼하는 것이고 또 하나는 그저 순응하면서 사는 것이고 보통 사람들도 마찬가지입니다.

자식이 있고 없고를 떠나 내 반려자가 내 사랑의 감정의 영원한 그 대상이 아닐 수 있다는 것입니다.

나중에 눈을 떠서 누군가를 사랑하게 돼서 이혼한다는 것은 어쩌면 당연한 것인데, 아직도 구시대 사고에 박힌 자들은 그들을 무조건 바람 난 사람으로 본다는 것이지요. 어떻게 생각하세요?"

"글쎄요. 계속 말씀해 보세요."

"그럴까요. 우스운 얘기지만 그렇게 욕하는 자들이 뒤에선 더 원초적인 본능에 충실할 수 있습니다.

요즘 신세대는 처녀 총각이 결혼하기 전에 잠자리하는 게 아주 자연스러워 졌대요. 오히려 결혼 전까지 기간을 정하고 잠자리하면서까지 정말 정신적으로 육체적으로 나의 하나밖에 없는 사랑인지를 판단한다고 합니다. 어쩌면 참으로 현명하고 합리적이라고 봅니다.

하지만 그런 세대를, 우리보다 나이가 더 있는 사람들에게 물어보세요. 자식이라면 머리를 빠갠다는 말도 서슴지 않고 하지 않겠습니까.

제 말은, 목표가 있는 사랑은 진행 중에 아무리 아파도 희망이 보이는데 임자가 있는 입장에선…… 지금 아무리 사랑스럽다 해도 내 것이 아니라는 것을 생각하면…… 스스로 아주 힘들어 진다는 것이지요. 그리고 보면, 생텍쥐페리가 사랑이란 둘이서 똑같은 방향을 내다보는 것이다의 의미가 그게 아닌가 싶어요. 내 것이 아니니 같은 방향으로 갈 수 없고."

"그렇군요……."

"손님은 그런 사랑을 하고 계신 거예요. 물론 그 여자 분도 마찬가지였을 겁니다. 그것은 지금 당신이나 저나 우리와 비슷한 또래들이 아직도 예전의 사고와 도덕률에 세뇌되어 있기 때문일 겁니다. 남녀 간의 관계를 인간의 눈으로 진리처럼 말하는 사고방식은 시간과 함께 계속 변할 것입니다. 그나저나 그 여자 분을 어떻게 아셨고 사랑의 감정을 언제 어떤 순간에 느끼셨나요?"

"취조하는 분 같네요. 그 말씀이 너무 정중하시니 아니 말할 수가 없군요. 제가 말하기 전에 여쭤 볼게 있습니다. 사장님이 제 입장이라면 어찌하겠습니까."

그에게 했던 질문은 반사적으로 자신에게 돌아왔다. 기다렸다는 듯이 이어갔다.

"하하하, 손님, 이런 게 있습니다. 나와 내 사랑의 대상 사이에는 사랑을 서로 주고받습니다.
주말에 종로 거리를 걸어 보세요. 짝짝이 서로 손을 잡고 오고 가잖습니까. 내 눈엔 전혀 아닌 사람이 어떤 사람에겐 손이 쥐어져 있어요. 무슨 뜻일까요? 내 사랑의 대상은 사람마다 각기 다르다는 말이지요. 수억 명의 인간의 모양새가 서로 다르듯이 사랑을 느끼는 대상도 각기 다르다는 말입니다.
그 애란 분이 손님에게는 이상형이겠지만 제겐 전혀 아닐 수 있다는 것이고요. 손님 말대로 제가 손님이 될 수 없기에 그 답은 제게 감히 말씀 드릴 수 없다는 거예요. 그럼에도 불구하고 대답을 내린다면 저는 사랑하는 사람을 선택할 것입니다. 거듭 말하지만 그것은 나만의 선택이죠. 상대가 그것을 거부한다면 그 선택은 잘못된 것입니다. 진정 사랑하는 사이라면 사전에 둘 간의 약속과 책임이 동반되어야 한다는 것이지요.

어떻습니까? 제 말이 당신의 질문에 답이 되었나요? 되었다면 좀 전에 제가 질문한 것을 말씀해 주세요."

그는 잠깐 얕은 한숨을 내쉬었다. 그는 블랙러시안으로 인해 그 눈은 이미 깊게 젖어 있었다. 얼굴도 불그스레했다. 과연 그녀의 이야기를 어떻게 시작할지 궁금했다.

"껌, 껌 한 개였어요……."

"예에? 껌 한 개라니요?"

"껌 한 개가 저를 늪에 빠트렸어요."

"아, 네에. 자세히?"

첫마디는 약간 싱거웠지만 오히려 더 큰 조바심을 일으켰다. 자세를 편히 잡으며 다시 물었다.

"껌 한 개가 계기가 되었다는 말씀이군요?"

"예 그렇습니다. 어느 날, 하는 일이 좀 힘들어서 기분도 달랠 겸 무작정 차를 몰고 가다가 한적한 길에 차를 세웠어요. 그날도 오늘처럼 눈이 많이 내려 그늘진 도로는 꽁꽁 얼었지요. 차 안에 잠시 누워 있다가 바람도 쏘일 겸 나갔어요. 오른쪽 뚝방을 넘으니 물 빠진 갯벌이 있더군요. 거기에 한 여자가 담배를 피우고 있었어요."

"와우! 그 분이 손님이 말하는 그 애로군요?"

영화 같은 장면을 상상하면서 혼자 박수를 쳤다. 얼마나 멋진 남자와 여자의 만남의 순간인가.

"맞아요. 그게 첫 만남이었어요. 한 오십여 미터 앞에서 회색빛 하늘과 물 빠진 황량한 개흙을 보고 있었지요. 솔직히 처음엔 아무 생각 없이 눈에만 그려졌어요. 참 웃긴데 무의식적으로 그녀가 있는 방향으로 두 다리가 걷고 있는 거예요."

"참 기막힌 우연, 아니 필연의 시작이네요."

누가 먼저 말을 건넸을까 궁금했다. 자신 생각대로라면 소심했던 이 손님은 말을 건네지 못했을 것이다. 짐작이 맞길 바랐다.

"그래서, 그 쪽으로 갔군요?"

"네, 어차피 용무가 있어서 나온 게 아니니까. 터벅터벅 걷다가 구두가 벌 속으로 쭉 묻히자 자동으로 섰지요. 그 여자는 살짝 튀어나온 돌 위에 아슬아슬하게 서 있었고요."

"그래서요?"

"뻘쭘하게 서 있었지요. 얼른 왼발을 빼서 뒤로 돌아서는 순간."

"돌아서는 순간, 왜요?"

"그 여자가 그러더군요. 참 매너 없다고요."

"매너가 없다는 게? 설마?"

동민은 순간 그 여자가 생각났다. 어투가 자기가 만났던 그 여자와 비슷했다. 또한 이 손님이 말한 껌 얘기도 어디선가 들어봄직한 스토리다.

"저기요. 여자가 혼자 이러지도 저러지도 못하는데 좀 도와주셔야 하는 거 아니에요. 그러더라고요. 뭔 말인지 통……."

"하하하, 자기 좀 도와달라는 말이네요?"

"그치요. 근데 거길 자기가 스스로 간 거지, 또 전혀 모르는 사람한테 먼저 도와드릴까요? 할 순 없는 거잖아요."

"그거야 논리적으론 손님 말이 맞지만. 그 상황은 좀 다르잖아요."

"암튼, 손은 아니고 팔뚝을 잡는 둥 마는 둥 하면서 다시 둑으로 왔어요."

"그래서요?"

"뭐가 그래서에요? 아무 말 않고 제 차로 갔지요. 간단히 인사하고."

"아니, 좀 싱겁네요. 그리고 뭐 없어요?"

"시동을 키려는데 그 여자가 운전석 창문을 두드리더라고요. 창문을 여니깐 껌 한 개를 주면서 도와줘서 고마웠다고……."

"그 순간 눈이 마주쳤겠군요? 그리고 한눈에 반한 거고 그치요?"

"반한건지 아닌지는 모르겠고요. 초롱초롱한 눈동자가 너무 아름다웠어요. 중년의 여성의 눈이 그리도 반짝거리는지 몰랐어요.

아마도 저는 그 짧은 순간에 그 애의 마음을 본 거 같아요. 껌을 받으면서 너무 기뻤어요. 암튼 껌 한 개가 저를 이렇게 바보로 만들었지요……."

"아, 네에, 계속……."

다른 사람 사랑이야기가 이리도 흥미를 줄지 몰랐다. 마음으로 계속 재촉하고 싶었지만 흥분하지 않고 조심스럽게 말했다.

"그 애가 그러더군요. 혹시 시간 괜찮으면 커피 한 잔하자고요."

"그럼, 그 분이 먼저 데이트 신청한 거네요?"

"결과로는 그런 거지요. 먼저 차 한잔하자고 한 거니깐……."

순간적으로 비슷한 성향의 여자가 아니라 그 여자 같다는 확신이 들었다.

"그 애도 차가 있더라고요. 첨 보는 사이라 차를 따로 가지고 가야 할지 한 차로 움직일지 망설였어요."

"그 애란 분이 손님 차로 움직이자고 했겠네요."

"사장님은 점쟁인가요? 어찌 그걸 다 알아요? 맞아요. 제 차 조수석에 탔어요. 커피숍을 찾으려고 천천히 움직였지요. 가는 도중에 제 앞에서 이런저런 이야기를 하는 데 그 음성이 너무 편하게 들렸죠. 그런데 뭔 말을 했는지 하나도 기억이 안나요."

"그랬군요……."

그의 얼굴을 봤다. 좀 전보다 더 붉게 변해 있었다. 아마도 그녀와의 추억으로 가슴이 타고 있다는 증거다. 그가 너무 부러웠다. 사랑하는 사람과의 지난 일을 생각할 수 있는 이 시간, 아무에게나 있을 수 없는 귀한 시간이고 삶이다.

차츰 죽어가는 나의 인생, 그런 길에 사랑했던 사람과의 앨범이 없다는 것도 불행이다. 돈과 재산이 많다는 것도, 명예와 권세를 가진 것도 눈에 보이는 가치와는 비견될 수 없다.

창조주는 세상을 창조하면서 절대적인 사랑을 우리 인간에게 맹목적으로 주셨다. 그 의미를 알지 못한 인간은 인간의 욕심을 채우려 그의 가르침을 어겼고 인간은 고난과 고통의 길로 들어선다.

한없는 절대적인 사랑만을 받을 수 있었던 우리 인간은 스스로 진 죄로 사랑을 주고받는 그 사이에도 여러 갈래의 아픔을 가질 수밖에 없게 된 것이다.

첫 인간은 벌거숭이로도 행복했다. 그러나 죄로 인해 풀잎으로 앞을 가려야 했고 그 순간 서로 간 절대적이었던 사랑에도 거짓이 스며든다. 진실을 찾기 위한 얽히고설킨 실타래 같은 길로 들어서야 했다. 남자와 여자는 본디 하나였으나 그 순간부터 하나가 되기 위해 많은 시련을 겪어야 함을 암시한 것이다.

창조주가 남자를 통해 여자를 만드시면서 그토록 보기가 좋아 한없이 웃으셨는데 어느 누구의 잘못이었든 그 이후로는 사랑을 하되 평탄치 않은 사랑을 인간에게 내리신 것이다. 저 남자도 예외는 아니다. 지금 이야기를 듣고 있는 자신도 예외가 아니다. 인간 마음에는 언제부턴가 사랑을 빙자해 너무도 많은 부정이 일어나고 있지만 그것을 자신은 예외이고 타인만을 가리켜 욕한다.

우리가 흔히 아는 이야기가 있다. 한 여인이 간음을 해서 예수 앞에 무릎을 꿇었다. 예수는 그 여인을 잡아 온 사람들을 보며 말씀하셨다. 그 말씀을 듣고 모든 사람이 사라진 것처럼. 이 세상엔 너나 할 것 없이 죄를 특히 사랑의 죄를 안고 있다. 누가 누구를 욕할 수 있겠는가. 남의 죄를 판단하고 결정을 내리는 사람도, 사람의 목숨을 의술로 고치는 사람도, 세상 모든 사람들의 사랑을 받는 연예인들도 보통 인간과 무엇이 다르겠는가.

사랑은 권력도 명예도 부귀도 그 어떤 것과도 비교할 수 없다. 단지 사랑은 사랑이어야만 한다.

이 손님은 어쩌면 단 하나뿐인 온전한 사랑을 만나 시작했는지 모른다. 둘은 애가 있고 없고를 떠나 사랑하는 관계에선 죄가 아니다. 단지 진정한 사랑으로 생각했던 현재의 배우자에게 감정을 돌려야 한다는 것이 무서운 것이고 책임감이 필요한 것이다. 인간의 사랑은, 아니 인간 제각기 나 자신만의 사랑은 상대에 따라 횟수의 차이는 있어도 온전한 사랑만큼은 단 하나다. 온전한 사랑을 찾을 때까지 우리 자신은 사랑의 대상은 변화되고 반복된다. 단지 어느 순간에 하는 사랑이 진정한 나의 사랑인지 순간순간 착각하고 실수할 뿐이다. 그 모든 것은 남과 여가 하나였기에 하나로 돌아가려는 몸부림인 것이다.

손님도 그 애란 여자도 배우자를 만나 자식을 낳는 순간까지는 최고의 사랑이었을 것이다. 시간이 흐르면서 그는 다른 여자를 알게 되었고 그녀를 사랑하게 되었다. 사랑은 그렇게 우연히 자연스럽게 다가온다. 슬프지만, 지금 이 순간 이 앞의 남자의 사랑은 자식을 낳아 준 아내가 아니고 그녀가 될 수도 있다는 것이다. 만약, 그것이 신이 그에게 준 단 하나의 사랑이라면 지금 이 손님은 그 고통의 길을 스스로 가면서 그 사랑을 찾으려고 몸부림치는 것이다. 진정한 사랑은 그런 고통의 길을 겪어야만 가질 수 있다. 사랑은 고통 없는 사랑이 없고 어차피 사랑이 시작되면 고통도 시작된다고 괴테가 말하지 않았던가.

"얼마나 만나셨나요?"

"글쎄요. 지금도 몸은 떨어져 있어도 마음만으로는 만나고 있는데. 그 질문에는 답하기가 어렵네요. 한 이 년 정도……."

"참 이해하기 어려워요. 둘 중 한 명이 그만 만나자고 확실한 이별의 통고를 안 했다고 했는데 기억을 못하는 거 아닙니까?"

"지나가는 말로 그 애도 여러 번, 저도 여러 번 말은 했지요."

"아니, 서로 사랑하면서 그런 말을 여러 번 하셨다고요?"

"호호호, 그런가요? 모르겠어요. 그 애는 어떠했는지. 하지만 저는 그런 말을 하면서도 한 번도 정말 끝낸다고 생각해 본 적이 없었으니……."

"그렇다면 지나가는 말 중에 하나가 마음에 걸려 그냥 이별이 된 건가요? 당신은 여러 번 그녀를 시험하셨군요. 그녀와의 사랑을 말입니다."

"그렇습니다. 그 또한 부끄럽지만 사실입니다. 참으로 우매했죠. 그 애의 마음이 어떠하든 제 스스로만 사랑을 확신하고 있었으면 될 것을 왜 자꾸 그리 확인하고 조급해 했는지…….

더 솔직히 말하면 그 애를 사랑하는 제 마음이 혹여 거짓이 아닐까 하는 스스로 시험했다는 것이 더 맞는 말인 거 같아요."

"이해할 수 있습니다. 누구나 사랑을 하다 보면 상대가 나의 온전한 사랑의 대상인지 자꾸 확인하고 싶어 하죠. 내 자신에게도, 상대에게도 그 또한 인간의 본능 중에 하나라고 생각합니다.

누군가 그러더군요. 사람은 살면서 세 번의 성공의 기회를 가지는 것처럼 사랑도 세 번의 기회가 온다고요. 물론 세 번이라는 것은 상징에 불과할 것입니다. 괴테처럼 수를 셀 수 없을 만큼 한 사람도 있지만 암튼 저는 그 말이 옳다고 봅니다. 세 번 이상의 기회가 온다는 것이 무엇이겠습니까. 몇 번째의 어떤 사람이 정말 내가 사랑하는 사람인지 알고 싶어 하는 건 당연한 것이겠지요.

우스운 이야기 같지만 남자든 여자든 '사랑한다.'라는 어쩌면 흔하고 흔한 말을 결코 쉽게 뱉지 못합니다. 참으로 이상한 게 아닙니까. 영화도 노래도 소설도 세상이 사랑이란 단어로 온통 천지인데 그 대상에게 함부로 발설하지 못하는 것이 '사랑한다.'라니. 그런데요. 설령 수십 번도 더 사랑을 고백했던 바람둥이들도 자신이 목숨이 다 하는 순간 생각나는 것은 딱 한 사람, 딱 한 사람이래요. 참으로 아이러니하고 불가사의한 이야기 아닙니까? 딱 한 사람만 생각난다니 나머진 엑스트라였다는 말이지요. 내 자신도 어떤 사람에게는 사랑의 엑스트라였다는 말이 되는 것이지요.

참, 사랑하는 사이였으면 스킨십(Skin Ship)도 하셨을 텐데 어느 선까지 행하셨나요? 에구, 우스꽝스런 질문이 아닌가 모르겠네요."

"사장님은 사랑에 대해서 잘 이해하시는 분인 거 같은데 조금은 유치한 질문인거 같네요. 아아, 아닙니다. 사실 그랬어요. 좀 전에도 말했지만 그 애를 만나면서 진정 사랑하는 마음인지 아니면 순간의 본능인지. 하지만 전 알았어요. 하늘을 두고 맹세해요. 절대 후자가 아니었음을……."

"맞습니다. 제가 듣고 싶었던 답입니다. 손님이 본능에 의해 그분을 만나신 거라면 지금 이 자리서 하시는 모든 말이 거짓이겠지요. 성적 본능으로 만나는 사이는 불과 몇 개월이면 끝날 것입니다. 그 정도 시간이면 상대의 육체의 신비는 벗겨지게 되지요. 그래서 끝날 것입니다. 헤어져도 별로 기억이 남지 않지요.

동물들의 짝짓기를 생각해 보세요.

어떠한 동물은 찰나적인 짝짓기 행위를 하고 나면, 상대를 죽인다거나 언제 그랬냐 하듯 휑하니 돌아서서 다시 본능이 일어날 때까지 새로운 상대를 찾는다고 합니다. 동물들의 행위에는 영혼이 없기 때문입니다. 그저 본능을 해결하면 되는 것이지요.

인간도 동물처럼 원초적 본능을 해결하기 위해 나서는 자들이 있을 겁니다. 그들은 동물과 하등 다를 게 없지요. 그런 사람들끼리 만나면 단지 몇 개월이면 처음과 너무도 다른 반응이 나오겠지요. 당신은 당신이 말 속에서 가슴으로 한 사랑이었다는 증거가 여러 군데서 나옵니다. 그래서 제가 손님과 이렇게 마주한 것이고요."

"그리 봐주신다니 고맙네요."

"고맙긴요. 남녀 간의 관계에서 육체적 결합은 당연히 중요합니다. 어쩌면 그것이 사랑을 표현하는 방법으로 가장 큰 비중을 차지한다고 봅니다."

"그럴까요? 그런 게 있는 거 같아요. 육체적인 관계를 남녀가 다르게 생각한다는 것. 그것으로 인해 그 애와 여러 번 다툰 거 같았어요."

"아, 그랬군요. 예를 들면 어떤?"

"그거야 뻔한 게 아니겠습니까. 남자와 여자가 처음부터 그리 만들어진 것을 저도 남자라는 인간의 부류에서 예외가 될 수 없었죠."

"손님을 나무랄 뜻은 없습니다. 사랑하는 사람을 원하는 것은 남자든 여자든 양쪽 다 차이가 없어요. 단지 공격적인 남성이 그것을 외부로 표현한 횟수가 많은 것이고 여성은 약간의 내숭이라 할까. 남녀 간의 생식기가 그것을 말하지요. 안이냐 밖이냐 그 차이."

"말이 그렇게 되나요. 사장님은 남녀가 만날 때 진정으로 사랑하는 것과 아닌 것의 차이를 아시나요?"

"음, 글쎄요, 여러 번 말했다시피, 사랑은 쉬우면서도 어려운 것 같아요. 세상의 모든 매체가 사랑을 외치기도 하잖아요. 그게 뭔 뜻이겠습니까. 아, 잠깐만요."

동민은 얼른 일어나 쪽방으로 가 책 한 권을 가지고 나왔다. 시집이었다.

"한번 들어 보실래요. 헤세가 만약에 내가 사랑이 무엇인지 안다면 그것은 당신 때문이라고 했고요. 사랑이란 한 남자가 한 여자에게만 만족을 얻으려는 노력이다. 폴 제라르니 말이고요. 콩트는 사려분별이 있는 사랑을 하려는 따위의 남자는 사랑에 대해서 손톱만큼도 알지 못한다는 증거라고 했고요. 세익스피어는 사랑은 맹목적이다. 연인들은 자기 스스로 저지르는 어리석음을 잘 보지 못한다. 어때요?"

"꼭 저에게 하는 말과 같네요. 그 애 땜에 사랑을 알았고 그 애만 바라보고 있고 내 위치를 망각하면서까지 그 애를 사랑하고 그 애나 저나 스스로 어리석음을 몰랐으니."

"그치요. 이런 유명인들도 이렇게 말하잖아요. 이들이 세상 사람들에게 인정받는 훌륭한 작가나 사상가들인데도 이런 말을 해요. 사랑은 흔한 단어지만 아무나 할 수 없다는 것이지요. 그래서 사랑의 정의는 사람마다 다 다르게 정의하고 명쾌한 답이 없다는 뜻이 아닐까 합니다. 저도 그리 생각합니다. 수많은 에로스 작가들조차도 사랑에 대한 정의는 제각기 달랐거든요. 이 또한 말했다시피, 사랑에 대한 정의는 온전한 사랑을 하는 자가 그때그때 행하고 말하는 것이 정답이라고 생각합니다. 어떤 작가가 이런 인터뷰를 한게 기억나네요."

"어떤?"

"모 신문사에서 사랑에 관한 시를 쓰는 작가에게, '독자들에게 사랑에 관하여 하고 싶은 말이 있다면 해주세요.'라고 했더니요. 이렇게 답했대요.

'시(詩)를 쓴다는 것은, 시를 전문적으로 공부한 사람이나 타고난 능력이 있는 사람들의 고유 영역이 아닙니다. 누구나 사랑하는 연인이 생기면 그 생각, 마음, 행동에서 나오는 단어나 문장, 동작 등이 시가 됩니다. 진실한 사랑을 하는 사람이 시를 쓰면 진실한 시가 되고, 이별로 인해 고통을 겪은 이가 시를 쓰면 피눈물 나는 시가 되는 것입니다. 그런 시를 우연이든 필연이든 접하게 되면 그 시가 내 것이 되기도 합니다. 그렇기에 단어나 문장은 시를 쓰는 데 최고의 주요점이 아니라 그저 하나의 수단에 불과합니다. 문학을 노래하는 사람들은 인간의 초월적, 근원적 감정을 노래하고 정신과 마음의 세계를 노래하는 사람들이기에 때로는 언어로 표현하지 못하기도 합니다. 그러니 여러분도 얼마든지 사랑도 하고 시를 쓰실 수 있습니다. 또 사랑하는 것과 아닌 것의 차이는 어쩌면 간단하고 쉽습니다. 예를 들면 하루란 시간을 놓고 내 자신을 봤을 때, 즉 나 자신의 일의 경중과 상관없이 상대가 생각나면 사랑하는 것이고 바쁘다는 핑계로 상대를 한 번도 생각지 않고 하루를 넘긴다면 그만큼 사랑하는 것이 아닙니다.' 이렇게 말입니다."

"쉬운 이야기 같은데 다양한 복선이 깔린 말씀 같군요."

"그렇게 볼 수도 있을 겁니다. 이렇게 생각하면 됩니다. 처음에 사랑을 서로 느끼고 차츰 발전하는 순간에는 모든 것이 상대를 기준으로 생각합니다.
내 자신이 아무리 바빠도, 시간을 내어 상대를 생각하다 보면 전화도 먼저 하고 약속 장소가 아무리 먼들 뛰어가고 날아가고 싶어 합니다.
하지만 시간이 흘러 차츰 안정기에 접어들면 자신의 입장으로 돌아오죠. 내가 바쁘다는 핑계로 상대가 와주길 바라고, 또 먼저 전화해 주기도 바라죠. 기준이 달라진다는 겁니다. 그래도 그 정도는 아직 사랑이 감정싸움에 해당되니 아직도 사랑하는 것은 마찬가지일 겁니다.

　다만 그런 기 싸움조차도 없이 나도 모르게 상대를 잊고 하루를 지내는 경우가 있다면, 그런 경우가 자주 생기기 시작하는 순간, 사랑은 이미 멀어지는 증거라고 저는 생각합니다.

　남녀가 사귀다 보면 이런저런 일로 싸우기도 하지만 어떠한 경우든 하루란 시간을 그 대상을 잊고 그냥 보낼 정도라면 서로 빨리 정리하는 게 낫다고 봅니다.

　그 순간이 오면 서로 사랑을 접어야 할 겁니다. 물론 그런 순간이 동시에 온다면 아주 이상적이죠. 그럴 때 사랑을 접는다면 양쪽 다 오히려 편해질 것이고요. 안타깝게도 그 시각은 양쪽이 다르게 나타나죠. 그래서 같은 맘 되기까지 그 시간 동안 서로 힘든 것이죠."

　"일리 있는 말씀 같네요."

　"손님은 어떠했습니까?"

　"사장님 말씀대로라면 전 확실히 그 애를 사랑했습니다. 그 애를 내 하루에서 벗어나 있게 해 본 적이 없습니다. 그 애를 만났던 그 날부터 지금 이 순간까지도."

　"몇 번이고 손님의 말을 주의 깊게 들어서 저도 알고 있습니다.

저의 사랑에 대한 정의가 옳다고 친다면 그 안에 손님은 정확히 앉아 계십니다. 그래서 제가 손님을 이렇게 부러워하고 있는지도 모르겠습니다."

"별 말씀을 다 하시네요. 이렇게 가슴이 아리고 시린데."

"아닙니다. 몇 번을 반복하는 말이지만 그것이 사랑 뒤에 오는 선물입니다. 손님이 말씀하신 사랑 뒤에 비나 눈이 눈물로 변한다는 것과 일맥상통하는 말인 듯도 하고요. 그래서 노트에 이 글을 남긴 거고요. 암튼 어느 작가의 말처럼. 전혀 사랑하지 않는 것보다는 설령 이별하더라도 사랑하는 게 낫다고 하잖아요."

"그런가요? 참, 좀 전에, 기 싸움조차 사랑의 여운이 남은 거라 말씀하신 거 말입니다."

"아, 네에 왜요?"

"사랑의 안정기에 있는 현상이라고 말씀하셨잖아요?"

"네에, 그렇죠!"

"좀 더 구체적으로 말씀해주실래요?"

"글쎄요. 특별한 뜻이라기보단, 자연스러운 현상이라고 이해하시면 될 겁니다.

예를 들면, 자연의 흐름이나 만물의 흥망성쇠와 같은 이치지요.

한 국가도 흥하고 망하고가 있듯 사랑도 마찬가지입니다. 당신도 사랑을 해 봤으니 경험하셨겠지만 초반에는 어떻습니까. 세상이 온통 나의 것이잖아요. 그랬던 게 차츰 수그러지고 아니 식는다고나 할까요. 식어가는 과정 중에 미움이나 다툼, 오해 같은 것이 생기죠. 흔히 애증이란 말로 그것을 표현하기도 합니다.

애증(愛憎)은 두 갈래가 있습니다. '남녀가 사랑을 해 가는 중에 일어나는 사랑과 미움.'과 '이별을 하고 난 후의 사랑과 미움.'이 그것이지요.

전자는, 사랑의 밑바탕 위에 가끔씩 일어나는 미움이고 후자는 미움의 바탕 위에 예전의 사랑을 회한(悔恨)한다고 보면 되지요.

이 말대로라면, 전자는 발전을 뜻하는 것이고, 후자는 끝난 후 느끼는 허무함, 한탄 같은 것이지요.

아까도 말했지만 사랑을 하는 사람과는 시간과 함께 그 사이에 미움, 다툼, 오해가 반복됩니다. 바탕에 신뢰가 있으면 그 모든 것은 더욱 돈독한 사랑이 되어가는 저축이 됩니다."

"쉬운 얘기가 아니군요."

"좀 더 쉽게 말씀드릴까요. 이렇게 생각하면 됩니다. 남녀 간의 사랑에서 결코 빠질 수 없는 것이 스킨십입니다. 스킨십이 무엇입니까.

참으로 희한하게도 남녀 간의 스킨십은 두 사람의 사랑의 현재 수준을 말합니다. 남과 여가 육체적 접촉에 대해 정서를 달리하는 면은 있지만 사랑하는 사람과의 관계는 항상 희망합니다.

사랑을 해보셨잖아요. 사랑을 하면 상대의 육체가 보물로 보이잖아요. 머리부터 발가락 끝까지 사랑스럽지 않은 것이 어디 있습니까.

특히 섹스는, 사랑하는 사이에 있는 최고의 가치이자 희열입니다. 사랑하는 사람과 그렇지 못한 사람과의 섹스가 그 만족도에서 엄청난 차이를 보이듯 말입니다. 손님도 남자이니 경험이 있을 겁니다. 우리가 흔히 돈을 주고받는 행위에서 느끼는 것이 무엇입니까. 행복과 사랑을 느낍니까? 아닙니다. 생리적인 욕구 해결에 국한 되어 있고 그 뒤에 찝찝함과 불쾌함도 따르지요.

남자는 순간의 방출로 쾌감을 얻은 것이고, 여자는 돈을 얻는 그것에 만족하고 맙니다. 돈을 받고 몸을 주는 그런 여인들조차 페니스 행위는 허락하되 키스는 불허한다고 하잖습니까."

"네에? 남녀 간의 결합이 키스보다 위가 아니란 말씀인가요?"

"아 네에, 물론이죠. 우리는 흔히 섹스를 남녀 간의 최고 행위로 생각합니다. 물론 맞는 말일 겁니다. 제가 말하는 것은, 창녀를 돈으로 사서 하는 행위와 사랑하는 사람과의 사이의 행위에는 엄연한 차이가 있음을 말하는 것입니다.

서로 간의 사랑의 감정이 없을 때는 몇 번 말씀드렸다시피 동물의 행위와 너무나 똑같습니다. 개나 돼지 등이 하는 것과 전혀 다르지 않다는 것이지요. 개나 돼지 등이 애무하는 것을 보았습니까? 아닙니다. 발정기의 수컷과 암컷의 결합에 불과합니다. 인간 중에도 그것에 만족하는 사이가 있을 겁니다. 그들은 감히 말씀드리지만 동물과 같다고 봅니다.

하지만 사랑하는 사람 사이에는 보이지 않는 전류가 흐릅니다. 그 전류는 사랑의 강도에 따라 다릅니다. 진정 사랑하는 사람 사이에는 육체적 결합이 없다하더라도 그 강한 전류가 몸을 타고 흐르죠.

상대를 생각만 해도 몸이 뜨거워지고, 상대와 있었던 그 밤을 떠올리면 이미 몸은 젖습니다.

그리고 떨어져 있는 시간이 길면 길수록 서로의 육체가 너무 그리워집니다. 사랑을 연구한 어느 학자는 그것을 정서적 결합이란 말을 쓰는데 그 말은 절묘하리만큼 사랑을 잘 표현하고 있어요."

"그 애는 육체적 행위를 그리 좋아했던 거 같진 않았는데. 육체적 행위와 정서적 결합과의 차이가 무엇입니까?"

"차이? 사람마다 성욕의 차이는 있을 겁니다. 손님 말씀대로라면 그 분은 성욕지수가 좀 낮다고 보면 되겠지요. 하지만 말입니다."

"하지만 이라니요?"

"단정해서 드릴 말은 아니지만, 그 분이 당신을 지금의 당신이 그 분을 사랑하는 만큼이라면 그 분도 아마 힘들었을 겁니다. 사랑하는 사이에 육체적 결합이 중요하다고 말씀드린 것은 결합 전에 정서적 교류가 전제로 깔리고 있습니다. 창녀가 돈을 받고 몸을 줄 때는 돈에 대한 결과를 놓고 봅니다. 즉 정서적 교류는 전혀 흐르지 않은 것이지요. 오로지 빨리 남자가 생리적 해결만을 끝내는 것을 바라고 남자는 자신의 쾌감에 집중합니다."

"무슨 말씀이죠?"

"동물에게 본능이 있듯이 인간에게도 본능은 있습니다. 아무리 고고한 척하는 사람들에게도 본능은 있습니다. 즉, 며칠은 고고한 척 지낼 수 있지만 돌고 도는 본능의 시간이 오면, 본능에는 신사도 숙녀도 없습니다. 우리 몸은 때가 되면 그것을 갈구하니까요. 특히 사랑하는 사람이 있는 사람이 그 본능의 시간과 겹치게 되면 그 밤은 무척 길고 힘들 겁니다. 성적인 부족을 느끼는 남자가 창녀촌을 찾아 나서듯이 여자들도 마찬가지일 겁니다. 그것은 본능이니까요. 단지 남자나 여자나 같은 인간으로서 같은 본능을 가지고 있고 그것을 사회적 환경이나 여건에 따라 해결하는 방법이 다르다는 것 뿐이지요. 암튼 사랑하는 사이도 같은 인간이니 예외가 아닐 겁니다. 에구, 술이 다 떨어졌네요."

"제가 다 마신 거 같네요. 오랜만에 기분 좋게 취한 거 같아요."

"아아, 아닙니다. 보기에는 아주 멀쩡합니다. 이렇게 멋지게 눈이
내리는 날이면 손님만이 아니라 저 같아도 그 분이 정말 보고 싶
을 겁니다. 특히 술 한 잔이 가슴을 적셨으니 취한 가슴이 더욱 그
러겠죠. 오늘 같은 날은 맘껏 취해 보세요. 오늘 같은 날이 자주
오겠습니까. 혹시 그 분과 특별한 약속 같은 거 없었습니까?"

"특별한 약속? 글쎄요."

"그런 거 있잖습니까. 소설이나 영화에서 자주 등장하는, 데이트
하면서 우리 후에 언제, 어디서 만날까 이런 거 말이에요."

"아, 그거요. 물론 있었죠. 근데 그 애는 잊었을 거예요. 그런 잔
재미 같은 건 없는 편이었거든요."

"있었어요? 그게 언제입니까??"

"아니 왜 그리 놀라십니까?"

"놀랐다기보다는 제 일처럼 반가워서 그러죠!"

손님은 고개를 숙였다. 잠시 옅은 한숨을 내쉬더니,

"사실은 오늘입니다. 오늘이 그 애와 농담 반 진담 반으로 약속했던 그날입니다. 그래서 이렇게 온 것이고요. 물론 기대를 하고 온 건 아닙니다."

"오늘, 오늘이라고 그랬습니까?"

동민은 크게 놀랐다. 오늘이라니. 흥분해서 큰 목소리로 물었다.

"네에, 물론 기대는 안 합니다. 그냥 저 혼자 이렇게 앉아 있다가 돌아가려고 그랬으니까요."

"아, 그랬군요."

이들은 지금 로맨스 영화를 찍고 있다. 가장 흔하고 유치한 그런 영화를 하지만 가장 유치한 이 영화는 이들에게는 세상 그 어느 것과도 바꿀 수 없는 소중한 보물이다.

과연 약속을 지키기 위해 이 자리에 앉은 저 사람이나 망각했을 아니 아직 남은 시간에 여기로 올 수 있을지도 모르는 그 사람이

나 아아, 정말 꿈같은 사랑을 하고 있다.

너무 부러워서 질투가 난다. 왜 자신은 이런 아름다운 약속을 할 상대가 없었을까.

"사장님 얘기도 좀 들려주세요."

"예에? 제 얘기요?"

아쉬워하는 자신의 속이 또 들킨 거 같아 당황스러웠다.

"에이! 전 그런 거 없습니다!"

사실이었다. 아내를 만나기 전 여성들은 그저 세월과 함께 바람처럼 다 사라졌기 때문이다.

"사장님 말씀을 들어보니 비슷한 경험이 있었을 거라고 예상됩니다. 사랑관이나 사랑에 처한 사람을 이해하는 것이나, 정말 없었습니까?"

"뭐라고 대답해야 하나, 없었는데 거짓말이라도 있다고 해야 할 것 같은 그런 기분입니다."

"그런가요? 사랑에 관해 어느 정도 정립된 생각이 있어 보이는데 없었다니 믿어지지가 않네요. 그렇다면 부인 되시는 분과의 사랑이라도 말씀해 주시죠?"

"....?"

"왜 말씀이 없으십니까?"

"하하하, 거기에 대해선 말할 게 없네요. 이미 오래전에 하늘로 갔으니까요."

"네에? 에고 죄송해서 어쩝니까. 제가 술이 과해서 무례를 범했습니다. 용서하세요."

"아아, 아닙니다. 괜찮습니다. 벌써 수년이 된 일인데요 뭘."

"얼마나요?"

"한 이 년쯤 되었을까요?"

"우연인지 몰라도 하필 제가 그 애를 만난 시기와 맞아떨어지네요."

"그런가요? 우리 나이 또래가 의외로 많이 겪는 이야기잖아요."

"하여간 실례했습니다. 불편한 기억을 떠올리게 해서 거듭 용서를 구합니다."

"괜찮아요. 다 바람처럼 지나간 기억이고 빛바랜 사진이고, 손님이 제 질문에 답을 정성껏 해주셨으니 저도 술기운을 핑계 삼아 말씀드려야죠."

"괜찮겠습니까? 안 하서도 되는데……."

"시간이 많이 지나선지 이젠 담담해요."

"그렇군요……."

"제가 사랑에 대해서 열변을 토로하게 된 이유는 다 죽은 아내와 우연히 만난 어느 여자 덕분입니다. 아내가 죽고 난 후 철이 들었다고 할까요. 사랑도 삶도 너무 늦게 알았어요."

자기 손으로 빈 잔을 채웠다. 심호흡을 두어 차례 했다. 그리고 담담히 자신의 이야기를 이어갔다.

"만난 지 3개월 만에 결혼했어요. 지인을 통해 소개 받았거든요. 저는 당시 제법 알려진 기업체에 근무하였고 아내는 세무사 사무실에서 직장생활을 했어요. 아내나 저나 보통 사람보단 늦게 결혼을 한 편이지요. 결혼이란 것이 태양처럼 강렬한 사랑 없이 할 수 있다는 것을 그때 알았습니다. 결혼은 사랑하는 사이만 하는 걸로 알고 그런 사람을 만나야 되는데……. 에구, 오히려 제가 취했나 보네요. 말이 앞뒤가 없이 그냥 막 나오네요."

"아닙니다. 다 알아들을 수 있습니다."

"그럴까요. 암튼 만날 땐 그게 사랑인지 그저 단순한 호감인지는 몰라도 싫지는 않았어요. 밝은 인상은 아니었어요. 그러나 배려하는 맘이나 사람을 편하게 하는 것만은 사실이었으니까요. 저는 그런 아내가 좋았고 서로 특별한 사랑의 감정을 확인하지 않고 곧 바로 결혼으로 이어졌습니다."

"서로 간 사랑을 확인하지 않고 결혼을 했다는 말이 무슨 뜻인지……."

"말 그대로입니다. 서로 '사랑합니다.'란 고백 없이 결혼까지 일사천리로 이어졌다는 말씀이죠. 물론 나중에 정리해 보니 결혼과 사랑은 별개라는 생각이 확실하게 들었습니다. 서로 죽도록 사랑해서 결혼하고 평생을 그 사랑을 유지한 채 생을 다하면 그런 사람들은 어쩌면 참 축복받은 것이지요. 하지만 대부분 상대를 진정 사랑하는 것인지 아닌지……. 막연한 상태로도 아까 말했다시피 얼마든지 결혼은 할 수 있다는 것이지요."

"그렇다면 저도 그런 꼴이 되는 거 같네요……."

"손님이나 저나 아니 세상의 대부분 사람들이 그럴지도 몰라요. 지금의 상대가 나의 진정한 사랑인지 안타깝게도 그 비율이 너무 낮다는 것이지요. 그렇다고 우리 인간이 나만의 사랑을 위해 세상의 반인 이성의 맘을 다 확인할 순 없겠죠. 그것이 창조주가 우리 인간에게 주신 어떠한 과정 중에 하나가 아닌가 하는 생각을 하네요."

"창조주라면? 지금 종교적인 이야기를 사랑과 결부시키는 건가요?"

"왜요? 손님은 특별한 종교, 아니 신앙생활을 거부하시나요?"

"하하하, 아니요. 어릴 적 과자나 사탕의 유혹 때문에 교회 안가 본 사람이 있을까 싶네요. 부끄럽지만 저도 거기에 해당됩니다. 물론 성인이 되선 전혀 가 본 적이 없습니다."

"부끄러울 일도 아니고 현재 가지 않는다고 해서 누가 뭐라 할 사람은 없을 겁니다. 단지 사랑을 알기 위해선 기독교적 신앙을 알 필요가 있다고 봅니다. 손님이 불쾌해 하지 않는다면 이야기를 계속 할까 하는데……."

"오우! 불쾌하다니요. 비록 교회가 뭔지 그런 건 몰라도 믿고 다니는 사람들을 욕하진 않아요. 또 압니까. 이번 기회에 저도 교회에 나가는 일이 벌어질 지 하하하……."

"저도 교회를 열심히 다니는 건 아닙니다. 다만 사별 후에 알 수 없는 나 자신의 마음을 달래고 위로하기 위해 일요일만은 가끔씩 저 앞 교회에 간답니다. 손님에게 성경에 대해 가르칠 정도는 아니고요."

"위로가 되긴 합니까? 저처럼 남의 여자나 탐내는 사람도 그런 데서 위로를 받을 수 있을까 싶네요."

"너무 자책하지 마세요. 저 같은 사람도 교회 사람들이 따뜻하게 맞이해 주더라고요. 저를 반갑게 맞이하는 사람들이라면 손님이라고 찬밥처럼 대하진 않을 겁니다."

"사장님처럼 선하게 보이시는 분이 그리 말씀하시니 뭔 일이 있으셨군요?"

"일이라면 일이지요. 아내가 다른 남자와 있는 것을 보고 눈이 뒤집어지지 않을 사람이 있겠습니까. 저는 앞뒤 정황을 살피지 않고 그들을 세상의 파렴치한으로 몰았습니다. 그리 갑자기 갈 줄 알았더라면……."

"면목 없구먼요. 꼭 저를 두고 하는 말 같아요. 암튼 갑자기 그런 일을 겪었으니 상심이 컸겠네요."

"에구 말이 그렇게 되네요. 미안합니다."

"아닙니다. 충분히 이해합니다."

"조금도 불쾌하게 생각하지 마세요. 좀 전에 말씀드렸다시피 사랑에 대해 몰랐을 때 한 것이니까. 오히려 파렴치한이라고 몰아붙였던 제가 해당자니깐요.
어느 날, 회식 때문에 새벽에 집에 왔어요. 제가 퇴근할 때까지 잠을 잔 적이 없던 아내가 자고 있는 거예요. 더 황당한 건 평소 별로 웃지 않던 아내가 아주 행복한 미소를 머금은 채 코까지 골더라고요. 깜짝 놀란 건 양주병 하나가 테이블 옆에 있더라고요. 알코올 도수 꽤 높은 건데 비워져 있었어요. 저도 좀 피곤하던 차라 씻고 잠깐 자다가 출근 때문에 일어났는데 평상시보다 좀 늦게 일어났지요. 여전히 자고 있는 거예요. 어이없었지만 출근 시간이 촉박해서 준비를 마치고 나가면서 깨웠지요. 출근길에는 몇 마디만 하고 나갔다가 좀 일찍 퇴근해서 이야기 좀 하자고 했지요."

"평소엔 술을 안 마시던 분인가요?"

"물론이죠. 십오 년 살면서 처음으로 기억해요."

"안 마시던 분이 그럴 때에는 특별한 뭔가가 있었나 보군요?"

"아내와 남자가 두 번째 만나는 장면을 보고 용서할 수 없었어요. 저는 두 사람이 같이 타고 있던 차를 돌멩이와 몽둥이로 찌그러트리고 부셨어요. 앞뒤 가리지 않고요. 처음엔 당황하던 아내는 그런 저에게 말했어요. 무엇이 옳고 그른 것인지 무엇이 먼저고 후인지 상대편 입장을 생각하지 않고 막무가내로 나오는 게 어디 있냐고 하더군요. 그런데 그럴수록 더 화가 나더라고요. 한편으론 아내를 다른 남자에게 뺏긴 거 같은, 얼마나 내 자신이 초라해지던지……."

"그런 상황을 보고 다른 논리가 있다 해서 두둔 할 순 없잖아요? 지금의 저처럼 분명히 도덕과 윤리로 따지면 지탄이 되어야 하고 용서를 빌어야지 똑똑한 말솜씨로 사장님을 농락한 것이 아닌가요?"

"소위 바람을 피우면, 당연히 바람을 피운 사람이 죄가 될 겁니다. 하지만 모든 죄는 그 죄를 키운 당사자나 환경에도 있어요. 어쩌면 닭이 먼저냐 계란이 먼저냐 하는 것이지요. 임자가 있는 사람이 다른 사람을 연모하면 그건 죄입니다. 마음만 품어도 죄이지요. 그 죄와 다른 이성과 같이 있다는 것은 차이가 있어요. 저는 저의 아내가 다른 남자와 밤늦게까지 차 안에서 있다는 것만으로 아내를 몰아친 거예요. 별의별 상상을 혼자 다 한 것이지요. 일이 벌어지고 나서 아내가 말하더군요. 지금 내가 저 남자와 옷을 벗고 관계를 한 것도 아니고 그저 차 안에 있는 것만을 가지고 자신에게 그런 행동을 하는 것으로 봐선 자신을 사랑하지 않고 신뢰도 하지 않는 것이라고 차갑게 말을 하더군요. 자신은 나를 사랑하려고 노력하는 중이었고 그것을 위해 몸부림 중인데 나의 그 행위를 통해 그마저 노력하고 싶은 마음까지 완전히 사라졌다고, 그리고는 이틀 후 갑자기 죽었습니다."

"에구. 유감입니다. 단지 같이 있다는 것만 보고 무리한 액션을 취했다는 말씀이네요. 이틀 후에 죽었다는 건 도무지……."

"그렇죠. 성급했다고 할 수 있죠. 아마도 내 자신 어딘가에 숨어 있는 열등감이나 급함 낮은 자존감 등이 어우러져 그랬나 봅니다."

"그럼 부부 사인데 잘 이해시키면 되는 거 아닙니까? 너무 화가 나서 순간적인 실수였다고."

"사람에 따라 작은 실수는 돌이킬 수 없는 만큼 큰 상처를 주는
가 봅니다. 차안의 남자는 같은 회사 동료였지요. 회식을 하고 집
까지 데려다 주기 위해 온 것 뿐인데."

"그래도 그렇지 그런 일을, 남편에게 말하지 않는 것도 그렇고,
유감스럽네요."

"하하하, 바로 그겁니다. 부부라도 다 이야기하고 사는 게 아니니
까요. 사소한 실수 하나가 사람에 따라 바늘로 찌른 충격이 될 수
있고 야구 방망이로 휘갈긴 충격으로 올 수 있다는 거 그때 안 것
이지요. 그것이 바로 마음속에 얼마큼의 사랑이 있었는가 하는 차
이라고 보면 됩니다. 암튼 반성하고 용서 구하기엔 너무 늦었습니
다. 이틀 만에 갈지 누가 알았겠어요."

"사장님 말씀은 사람들마다 용서하는 차이는 마음속에 품고 있
는 사랑에 따라 차이가 난다는 말씀인가요?"

"네 맞습니다. 손님도 들어 보신 적 있으실 거예요. 이런 이야기
가 있습니다."

"어떤?"

"세상 사람들이 간음한 여자를 끌고 옵니다. 그리고 묻습니다. 어찌할까요? 하는 장면. 이렇게 생각하면 됩니다. 자신의 속이나 한 치 앞을 보지도 못한 채 자신의 눈앞에 보인 간음한 여자만을 질책하지요. 예수는 그 여자를 앞에 두고 땅에다 글자를 쓰지요. 자신이 전혀 죄가 없다고 생각하는 사람들만 저 여자를 돌로 치라고. 모두 돌아갔지요."

"종교적인 해석은 정확하게 모르겠고요. 다 돌아갔다는 것이나 돌로 친 사람이 없다는 것은 모두 자신의 죄를 시인하고 돌아갔다는 말이 되는 군요?"

"그렇습니다. 인간은 모두 원초적인 죄를 안고 태어났어요. 하지만 인간들 대부분은 내가 가진 죄를 숨긴 채 남의 죄만을 정죄하려 들지요. 거기서부터 인간사는 시험과 갈등과 시기와 질투 등이 어우러지는 것입니다. 손님이 행한 불륜도 인간들이 보는 시각에 의하면 당연히 도덕과 윤리를 벗어나는 것이기에 죄에 해당됩니다."

"그렇지요. 그래서 제가 이렇게 힘들어 하는 게 아니겠습니까."

"손님에게 위로가 될지 모르겠으나 인간의 존엄성 즉 인권을 중요시하는 사회나 나라일수록 개인의 의사를 무척 중요하게 생각합니다. 특히 남녀의 사랑은 두말할 필요가 없습니다. 현재 우리나라에서도 간통죄가 없어졌잖아요."

"그런 소린 들어봤지만 죄는 죄이죠. 그것이 나란 사람이 해당자에 속하다 보니 단지 꺼내지 못하고 그래서 아픈 게 아니겠습니까."

"사랑의 감정은 인간 어느 누구도 건드릴 수 없는 신의 고유 권한입니다."

"신의 고유 권한?"

"네에, 신의 고유 권한이란 말이 너무 거창한가요? 그냥 쉽게 생각하면 됩니다. 인간이 맘대로 조정할 수 없는 감정 또는 분야라는 정도로 해석하면 되겠지요. "

"인간이 맘대로 조정할 수 없는 감정 또는 분야? 그러니까 사랑은 인간 마음대로 할 수 없는 뭔가가 있다는 말씀인가요?"

"그렇지요. 손님 같은 선한 분이 임자 있는 여인을 좋아하는 것을 무엇으로 설명할 수 있겠습니까. 사랑은 착한 사람이든 악한 사람이든 어느 누구에게나 기회가 열려 있는 것이지요. 내가 임자가 있고 없다는 그런 유무나 나이나 국경이나 기타 등등. 그렇잖아요. 그분을 만나기 위해 일부러 그 자리에 가신 게 아니잖아요. 영화나 드라마를 보세요. 사랑을 극화한 그런 내용들은 우리 인간들의 현재를 말하는 것이지요. 극적인 반전이 있는 드라마가 인기 있는 것은 모든 사람들이 알게 모르게 가슴에 잠재된 것을 말하는 것이지요. 욕을 하면서도 내게도 저런 꿈같은 사랑이 왔으면 설령 온다 해도 아무런 제어 장치가 없는 가슴은 이러지도 저러지도 못하지요. 암튼 꿈을 꾸는 것은 있어요. 그것이 자신의 현재에 따라 무기력함으로 포기하는 것일 뿐……."

"꼭 제 얘기만 하시네요."

"하하하, 사랑하면 모든 게 나를 두고 하는 것처럼 보이고 여겨지지요. 시도, 음악도, 모든 게 다, 이별의 순간을 생각해 보세요. 그 마음의 상태를 말로 표현할 수 있습니까? 가슴이 뻥 뚫린 듯하고 상대를 생각하면 짠해지고 눈물이 그냥 어리고 보고 싶음에 가슴이 타고. 그런 마음의 상태를 어느 시인이 있는 그대로 표현해 낼 수 있겠습니까. 아무도 그것을 제대로 표현할 수 없습니다. 당사자 외엔 아무도."

"술기운 때문인지 사장님의 말씀은 온통 제 얘기로 들리고 그래

설까요. 자꾸 그 애가 더 보고 싶고 눈물이 나려 하네요."

"몇 번 말씀드렸다시피, 한 번뿐인 인생에 그런 여인을 가슴에 간직해 둔 손님이 너무 부럽네요. 손님? 아니 성혁 님?"

"아, 네에?"

창밖을 응시하던 그는 살짝 놀라며 고개를 돌렸다.

"그 분과 사랑했을 때의 마음과 지금처럼 이별 아닌 이별을 겪고 있는 마음의 가장 큰 차이가 뭘까요?"

"질문이 참 이상스럽게 들리네요. 제게 질문한 것인지 사장님이 아시는 것을 제게 말씀하시려는 건지……."

"그런가요? 질문으로 받아 주시는 게 손님이 말씀하기가 편하겠네요."

"가장 큰 차이라, 저는 제 맘속에 그 애를 똑같이 담아두고도 그 애를 맘 놓고 생각하느냐 뒤에서 몰래 생각하느냐의 차이라고 봅니다. 그게 가장 힘들죠. 서로 사랑했던 시점에선 그 애를 생각하는 것이 당연하지만 지금은 죄라는 생각. 맘에서 털어 버려야 할 그 애를 저는 아직도……."

"사랑하는 사이가 진짜 이별을 하는 이유는 여러 가지가 있을 겁니다. 흔한 말로 이런 저런 이유로 사랑하기 때문에 헤어진다는 말도 있고 상대 중 하나가 죽음을 맞이해서 어쩔 수 없이 하는 것도 있고 허나 그런 이별보다 더욱 아픈 건 사랑하는데 이별하는 겁니다."

"사랑하는데 이별요?"

"그렇습니다. 손님은 상대의 현재 가진 것을 깰 수 없어서 깨는 것이 더 상대를 아프게 하기 때문에 사랑하는 상대를 편하게 해주기 위해 서로 갈라져야 한다면."

"어떤 이유로든 사랑했던 사람한테 내 자신이 버림받는 것은 정말 아플 것 같아요."

"그런가요? 이유가 어찌되었든지 간에 사랑하는 사이가 서로 함께 하지 못하는 것은 분명히 아픈 거죠. 그러나 상대가 더 좋은, 더 나은 사람이나 환경 때문에 간다면? 손님은 그분과의 다음이 어느 정도 열려있지만, 저는 완전히 단절된 거로 봐야 합니다. 더 서러워요."

"글쎄요. 상대적으로 행복하다는 거네요?"

"신이 인간을 창조할 때 먼저 남자를 만들고 그 남자가 가엾게 보여 그가 잠잘 적에 뼈를 취해 여자를 만들었죠. 참으로 신기한 것은 남자의 성기는 밖을 향하고 여자의 성기는 안으로 되어 있는 것은 어쩌면 남자와 여자의 본능을 절묘하게 표현한 것 같아요. 신은 여성을 남성에게 속한 한 개체로 봐야하는 것을 전달하는 느낌입니다. 여자가 뱀의 혀로 인하여 신의 지시를 무시해서 여자로 인해 남자까지 남자는 일을 해야 하고 여자는 해산의 고통을 갖게 되지요. 그것이 신이 남과 여에게 준 외부적인 이유라면 남자가 좀더 이성적이고 여자가 감정적인 것 또한 신이 준 이유가 있을 거예요. 같은 성기라도 남자는 시각적인 것으로 여자는 감정으로 각각의 작용을 하듯 남과 여가 사랑을 받아들이는 것도, 서로 손을 놓는 것도 같은 이치라는 것이지요."

"사장님은 여성은 자신의 감정을 포용해 주는 남성에게 끌린다는 것을 말하는 것 같군요? 그렇다면 육신의 쾌락으로 남자를 쫓아가는 여성은 무엇으로 대신 말할 수 있나요?"

"손님 말씀대로 소수의 여성 중에도 육신의 쾌락을 추구하는 경우도 분명히 있을 겁니다. 그건 여성이나 남성이나 마찬가지이죠. 다만, 여성이 자신의 몸을 열어 남성과 관계할 때는 사전에 감정의 교류가 있었다는 것을 전제로 해야 한다고 좀 전에 말씀드렸잖아요. 여성이 자신의 반려자에게 의무적인 섹스 상대로 있는 것처럼 보여도 기본적인 마음은 남편을 믿고 의지하는 것이 깔려 있다고 봐야죠."

"참으로 인간은 복잡하군요. 새삼 신의 전능함이 보이기도 하네요."

"네 맞습니다. 제가 전능자가 원하는 사랑을 깨달은 거 같은 착각을 가지고서야 아내를 편히 보낼 수 있었답니다. 아마 그것을 알지 못했다면 제 자신 스스로 많이 힘들었을 겁니다. 극단적인 생각도 했으니까요."

"극단적인 생각이란 자살을 의미하는 건가요?"

"예, 실제로 시도하려고 했습니다."

"참으로 무서운 생각을 했었군요. 그렇다면 그 생각을 바꾸게 해준 신의 가르침은 무엇이었습니까? 아까도 말씀하셨던 전능자의 고유 권한이란 것도 좀 더 구체적으로 설명해 주실래요?"

"글쎄요. 전능자. 창조주의 고유 권한이란 것은 좀 전에 말씀드렸다시피, 우리 인간의 마음으로는 사랑을 맘대로 할 수 없다는 거로 보면 됩니다. 이렇게 생각해도 되겠네요. 창조주가 잠자는 남자의 뼈를 취해 여자를 만들었다면 그 남자의 뼈 즉 딱 맞는 여자는 당연히 있어야 한다는 논리가 생기는 데 그 모든 것이 죄로 말미암아 혼란스럽게 된 것이지요. 아담과 이브는 창조주의 준비된 대본에 있었는데 그 대본을 우리 인간이 찢은 거지요. 이미 쓰였던 대본이 찢겨진 상태로 어딘가로 날아가 버려서 그 어딘가에서 묻혀 버린 상태로 있다는 말이 됩니다. 창조주는 어쩌면 방관 상태로 그대로 계시고 무지한 인간은 자신들 생각 대로 짝을 찾기 위해 방황하고 있는 것이지요. 이 사람이 저 사람이 제 짝인 거 같아 만나고 살아도 보고 그런데 시간이 흐르면 그 감정이 바뀌고 그래서 또 만나고 또 바뀌고 사람들에 따라 한 이성과 평생을 같이 하기도 하고 상대를 한두 번 바꿔가며 살기도 하고……."

"조금 이해가 될 것도 같네요. 창조주는 우리에게 절대적인 사랑을 주셨는데 왜 그런 고행을 일부러 시키는 건지."

"생각해 보세요. 우리 인간을 사랑하시고 또 가엾게 보시고 짝까지 맹목적으로 주셨는데 우리 스스로 배반한 거잖아요. 흔적도 없이 없앨 수도 있었지만 자신의 아들을 통해 우리의 모든 죄를 용서하셨어요. 그 조건이 아들을 믿어야 하는 조건이에요. 하지만 보세요. 우리 인간은 아직도 그 의미를 깨닫지 못하고 나의 생각이

나 나의 자아로 사랑을 하고 이성을 택하며 삶을 이어가고 있지요. 그것은 전능자의 아들을 믿는 사람이나 믿지 않는 사람이나 같아요. 우리 인간은 우리 스스로도 사랑의 감정을 그저 당연히 오는 것이라고 생각해요. 우리가 어디서 나서 어떻게 가는지조차 철학자들의 논쟁에서 얻으려 하고 작가들이 쓴 사랑의 시를 보고 사랑을 논하고 세상을 창조하는 분의 메시지를 뒤로하고 거기서 거기인 종이 한 장 차이에 불과한 같은 인간들이 만들고 써놓은 것을 더 신뢰하죠.

범위를 좀 좁혀 볼까요? 우리가 외모만을 보고 사랑의 감정이 생기는 게 아니라는 것은 다 잘 알잖아요. 사랑은 어떤 우연이나 계기를 통해 이 사람을 사랑하는 거 같다는 생각이나 마음을 갖게 되지요. 생각과 마음이 무엇입니까. 영과 혼이 움직이는 걸 말하죠. 우리 인간은 각기 배 타고 비행기 타고 가서 그 짝을 찾을 수 없으니 일상적인 생활에서 주위에서 그 짝을 평생의 반려자로 생각했다가도 살면서 또 다른 우연을 운명이라는 핑계로 움직이잖아요. 손님이 그분을 사랑하게 된 것도 그 연장으로 봐도 무방하다고 봅니다. 하지만 현실로 인해 아프잖아요. 이런저런 인간이 만들어 놓은 의식과 법으로 내 사랑을 재단하거나 제한하지요."

"내 사랑을 재단하거나 제한한다? 참으로 어려운 말이군요. 사장님 말씀대로라면 우리 인간은 정말 하나밖에 없는 나의 짝을 놔두고 다른 이를 사랑하거나 살고 있다는 말이고 그걸 두고 다른 사람은 왈가왈부할 상황이 아니라는 말인데."

"하하하, 말이 그렇게 되나요? 예 맞습니다. 하나밖에 없는 나의 짝을 찾아 나선 슬프고 외로운 방랑자……. 술기운이 좀 가신 거 같군요. 얼굴도 제 색깔로 오고 혀도 정상으로 돌아온 거 같군요."

"아 네. 취기가 많이 올랐었는데 사장님 이야기가 단순하면서도 어렵고 복잡한 듯하면서도 명쾌한 답이 나오는 거 같아 덕분에 술이 깨는 거 같아요. 그나저나 눈이 그칠 생각을 안 하네요."

"그러게요. 손님과 이야기 나누라고 다른 손님들이 일부러 오지 않는 거 같군요. 날씨 땜에 그분도 오시지 못하고."

손님은 실망한 눈치였다.

"못 오는 게 아니라 안 오는 거, 아니 아예 잊고 있을 거예요."

"말씀 중에 계속 눈이 출입구 쪽으로 가던데 그분을 기다리시는 건가요?"

"아, 아닙니다. 기대하고 있지 않습니다."

"보고 싶으면 봐야 하는 거예요. 마음에 담아 두고 있으면 병이 되는 겁니다. 보고 싶다는 것은 사랑하고 있는 마음상태예요. 단 한 번 살다 가는 인생 우리도 괴테만큼은 아니더라도 흉내 정도는 내도 괜찮지 않을까요?"

"보고 싶다고 다 볼 순 없겠지요. 하고 싶은 대로 다 하고 살 수 없듯이……."

"아마도 남녀가 똑같이 사랑하는 사이라면 여자가 더 아플 것입니다. 원래 있던 나의 위치로 가고 싶어 하는 여자의 맘. 아니 그 뼈의 맘……."

"푸하하하……."

"이해할 수 없다는 웃음인거 같군요?"

"아, 아닙니다. 여자가 더 보고 싶어 한다는 말과 제자리로 가고 싶어 한다는 뼈의 맘. 잘 이해가 안 되지만 뭔가 그럴 듯해요."

"사실입니다. 남자의 몸에서 분리된 뼈가 여자가 되어서 그 여자가 본래의 남자를 찾았다면 놀라운 사실 아닌가요? 그게 남자와 여자가 용광로 속보다 더 뜨거워지는 순간이지요."

"아하, 그럴 수 있겠네요. 좀 이해가 가요. 용광로 속보다 더 뜨거움."

"남자와 여자가 용광로 속보다 더 뜨겁다는 건, 몸과 맘이 일체가 된 거를 말해요. 그러나 현실로 인해 주저하게 된다면, 즉 연인이 있는 사람, 결혼한 사람 등. 바로 그것이 전능자가 여자에게 준 고통입니다. 벌을 받고 있는 것이지요. 우리 남자는 내 몸에서 나간 여자를 다 이해할 수 없게 만들었어요. 그 또한 전능자가 우리 남자에게 준 벌이지요. 네 맞습니다. 그저 서로 내 사랑이라는 착각 속에 이러쿵저러쿵 살다가 가는 것이지요."

"아아, 너무 어려워요."

손님이 어렵다고 말한 것은 솔직한 답이었다. 자신도 처음 이야기를 나눌 때 그랬다. 인간에게 사랑은 그만큼 어려운 숙제다. 왜냐면, 사랑도 인생도 우리 인간이 원하는 대로 우리 자신들 입맛대로 될 수도 할 수도 없기 때문이다.

"사장님을 사랑의 전문가로 만든 사람이 누구입니까? 사랑을 잘 설명할 수 있도록 만든 주인공이 누구입니까? 아내입니까?"

"하하하, 물론 아내도 포함되겠지요. 아까도 말씀드렸다시피, 아내가 죽기 전과 후가 확연히 달라진 건 확실해요. 아내와의 관계는 결혼까지 했으니 당연히 사랑한 것으로 착각한 것이고 후에는 사랑은 과거형이 아니라 현재진행형으로 깨닫게 된 것이지요. 사랑이 무엇인가요? 누군가 물어 오면 먼지 티끌 정도는 말할 수 있게 된 것이지요."

"그래서 사랑에 대해 진지하게 또 설득력 있게 말해 주셨군요. 취한 것 같네요. 잠시만 엎드려 있겠습니다."

"피곤하시면 이리로 오세요. 좀 누워있어도 괜찮은 공간이 있습니다."

동민은 손님의 왼팔을 잡고 자기 방으로 부축했다. 스트레이트로 마셨으니 취할 만도 했다.

+ + +

손님을 눕히고 바람도 쏘일 겸 밖으로 나왔다. 눈과 바람은 여전했다. 손님이 사랑 전문가로 지칭했다. 자살을 결심하고 갔었던 바닷가에서 만난 그 여자 덕분이다. 그녀가 해준 말이 두서없이 떠올랐던 것뿐이다.

그녀는 일반인에게 '사랑'을 정의해 보라면, 대부분 희망, 기쁨, 즐거움 등으로 긍정적 감정을 표현하는 비율이 높다고 했다. 'LOVE'의 의미를 음 하나씩 설명해 줬다.

세상 모든 사람들이 사랑을 꿈꾸고 사랑을 하고 있지만 진정 사랑의 행보는 자기 방식대로 행한다. 사전에 영어 단어 하나만을 깊이 생각해도 사랑을 어떤 방식으로 해야 하는지 방향을 알려 주는데, 인간은 어리석게도 자기 방식 대로 사랑을 정하고 해나간다. 물론 인간의 마음 속 깊이를 정확히 볼 수 없는 이상 인간 각자가 말하는 건 다 옳다고 할 수 있다. 단지 진짜 사랑인지 가짜 사랑인지는 신만 알 뿐 본인 자신도 그 누구도 그 사랑을 진실 여부는 알 수 없다고 했다.

또 동양 고전에 나오는 애지욕기생(愛之欲其生)을 설명해 줬다. 사랑은 사랑하는 사람의 성장에 두어야 한다고 했다. 동서양 선인들의 사랑의 의미와 목적은 나의 성장은 물론 동시에 상대방의 성장을 돕고 또한 성장하기 위해서는 감정보다는 노력하는 의지에 두어야 한다는 것을 강조한 이유가 바로 여기에 있다고 했다.

지금 사랑하는 사람이 있다면, 변화무쌍한 나의 기분이나 감정을 내세우는 것보다는 사랑하는 사람을 위해 먼저 행동으로 옮겨야 하고 나의 욕망만을 채우려 한다거나 내게만 맞추고자 하는 이기적, 배반적인 자세가 아닌 사랑하는 사람의 입장을 절대적으로 배려하는 게 진정한 사랑이라고도 했다.

그럼에도 불구하고 인간의 사랑은 시간의 흐름에 따라 변한다고 했다. 계절의 변화처럼 여러 변인으로 인하여 사랑도 차츰 달라진다는 것이다. 달라진다는 것은, 마음의 변화다. 그런 변화는 자연도 인간도 어떤 힘에 의해 흘러가고 스러져가는 것이고 사실 사랑의 변화는 내 자유의지가 아니고 그 어떤 힘에 의해 피어나고 또 꺼진다는 것이다.

이 말은, 사랑은 내가 원한다고 내가 원하지 않는다고 하고 말고가 아니라 이미 조물주에 의해 계획되어 있다는 뜻으로 봐도 무방하다.

그녀는 몇 번을 반복해서 강조했다.

'사랑과 이별, 그에 따르는 고통은 삶의 과정이라고. 사랑을 하면 매일 기쁘고 즐거운 게 아니고 필연적으로 슬프거나 아픔이 따른다고. 어느 누가 기쁨과 즐거움만을 향유하려 하지 일부러 슬픔과 아픔을 선택하겠는가라고.

사랑은 나의 생각이나 경험으로 선택하고 결정 또는 시작과 중단을 임의로 할 수 없는 나의 한계를 뛰어넘는 인간의 초월적, 근원적 감정이요 인간의 힘으로 좌지우지할 수 없는 정신과 마음의 세계, 즉 영적 세계로 이해해야 한다.

또한 인간은 누구나 누가 먼저라 할 것 없이 이별할 날이 올 것이다. 자연의 흐름을 인간이 함부로 막을 수 없듯이 이 또한 마음으로 준비하고 있어야 한다. 생명이 다해서 아니면 어떤 사정 때문이라 해도 인간에게 이별은 분명히 오고 동시에 고통도 이어지기 때문에 아프고 슬프고 힘들어도 이겨내야 한다. 바다가 밀물과 썰물이 있듯이 사랑이 들어오거나 나가는 것도 자연 이치이기 때문이다. 이렇게 사랑은 하얀 바람처럼 왔다가 검은 바람이 되어 내 곁을 떠난다. 이것이 우리의 삶인 것이다. 그러니 이별이 두려워 사랑을 시작하지 못했다면 지금이라도 사랑을 해야 한다. 이것이 사람이 사는 이유다.'

그랬다. 사랑을 해야 하고 사람이 사는 이유라는 그녀의 마지막 멘트 때문에 동민은 다시 살기로 마음을 바꿨다.

+ + +

"에구, 몇 시나 됐나요? 이제 가 봐야 하는데……."

"일어나셨군요? 이제 네 시 정도 됐습니다. 좀 어떠세요?"

"괜찮아요. 얼마나 잔 거예요?"

"네 시간 정도 잤어요. 시간 괜찮으면 좀 더 있다 가시지요. 차 있는 데까지 가는 것도 도로도 아직은 미끄러울 텐데……."

"천천히 가지요 뭐. 곧 어두워지면 더 힘들 테니."

"정 그러시면 차 있는 곳까지."

아쉽지만 손님을 보내야 했다. 그가 잠자던 시간을 포함 거의 대여섯 시간을 함께 공유했다. 사는 곳도 모르고 그저 이름밖에 모르지만 오랜만에 마음에 있는 이야기를 뱉어낼 수 있었다. 손님 덕분에 자신의 속이 후련해졌다. 이 손님이 가면 또 혼자 남게 되지만 그것만은 어쩔 도리가 없다. 손님이 벗어 놓은 코트를 입는 사이 얼른 방 한쪽에 걸려 있는 두꺼운 점퍼와 방바닥에 떨어져 있는 장갑을 집었다.

"혹시 논어에 나오는 '애지욕기생(愛之慾基生)' 들어 보셨어요?"

그의 말에 까무러칠 뻔했다. 이 손님이 일어나기 직전까지 머릿속에서 뱅뱅 돌던 주제였기 때문이다. 처음 듣는 척하며 물었다.

"무슨?"

"사랑이란, '사랑하는 사람이 제 삶을 온전히 다 살도록 돕는 것이다.'란 뜻이래요. 사랑하는 사람이 행복하게 살게 하는데 내가 해야 할 역할이나 진정한 사랑은 어떻게 해야 하는지 방법을 가르

처 주고 있다네요."

"어디서 들은 얘기처럼 하시네요?"

"그 애가 제게 해준 마지막 말이었어요."

놀랐다. 이 손님의 그 애와 자신이 만났던 여자가 겹치는 부분이 몇 가지 있다. 한 가지 맞지 않는 것은 그 여자는 이혼했다고 했고 이 남자의 그 애는 남편과 애가 있는 사람이라고 했다. 우연치고는 기 막히다. 이혼한 사람이냐 아니냐가 동일 인물 여부를 결정한다. 이름을 물어 볼까.

"그 애란 분은 손님을 위해 일부러 떠났다는 말이군요? 혹시 그 분의 이름이?"

"저도 그렇게 생각합니다. 저를 위해서. 그런 속 깊은 사람한테 제가 할 수 있는 건 마음속으로 사랑하는 것. 이 자체. 이름요? 그 건 밝힐 수가 없네요. 죽을 때까지 이 가슴에 꼭꼭 묻어 둘 거예 요. 그게 예의라고 생각해요."

"아, 네⋯⋯."

손님의 승용차는 눈에 쌓여 형체가 보이지 않았다. 손님은 앞부터 동민은 뒤부터 서로 입을 다문 채 눈을 쓸어내렸다. 각자의 삶으로 돌아가고자 준비하는 침묵이었다. 다행스러운 건, 눈발이 가늘어졌고 도로는 몇 대의 차가 지나가선지 바퀴 자국부터 눈이 녹고 있었다.

"체인하는 게 어떨까요?"

"몇 미터만 가면 큰 도로니 괜찮을 거 같아요. 거긴 다 치웠겠지요."

손님은 천천히 눈동자에서 사라져 갔다.

다짐
――
새 희망

"혜지야, 다 준비됐니?"

"어, 이모!"

월요일 아침, 혜지와 처제는 호주로 들어갈 채비로 분주했다. 둘은 여행 가방을 열어 놓고 이틀 전에 꺼내놓은 옷가지와 화장품을 다시 제자리에 넣고 있었다. 꿈같았던 2박 3일이 쏜 화살보다 빠르게 지나갔다. 어엿한 숙녀로 성장한 사랑스런 딸을 문틈으로 물끄러미 바라봤다. 사 년 만에 만난 딸을 고작 삼 일 만에 다시 돌려보내야 한다고 생각하니 마음이 씁쓸하다.

트렁크에 딸과 처제의 가방을 실었다. 오늘 떠나면 반년 또는 해가 바뀌어야 볼 것이다. 엄마 없이 사춘기 시절을 잘 보낸 딸에게 고마웠다. 한편으론 미안하고 안쓰럽다. 다행스러운 건, 올 때는 사춘기 소녀로 왔다가 갈 때는 성숙한 숙녀가 되어서 돌아가는 것 같아 대견했다.

딸은 탑승구 앞에서 발걸음을 돌리지 못하고 혼자 사는 아빠를 걱정한다. '끼니 거르지 말라, 아프면 병원 미루지 말고 가라, 좋아하는 사람 생기면 무조건 만나라.' 이제 겨우 쉰인데 노인 취급한다. 정작 자신은 '공부 잘하고 건강해라'가 다였다.

딸과 처제가 탄 비행기가 파란 하늘 구름 속으로 사라질 때까지 대합실 의자에서 일어나지 못했다. 하나밖에 없는 딸을 막상 보내고 나니 다리에 힘이 풀렸다. '이게 뭔가, 이렇게 사는 게 맞는 건가' 자기도 모르게 한숨이 새어 나왔다.

간신히 카페에 도착해 좁은 방에 들어가 쿠션을 허리에 받치고 누웠다. 습관적으로 TV를 켜고 오늘의 추천 영화를 제목도 보지 않고 플레이 했다.

요즘 연속극이나 영화를 틀어 놓고 자주 눈물을 흘린다. 오늘 영화는 혼자 사는 자신의 이야기다. 늙고 병든 아버지가 하나밖에 없는 딸을 시집보내고 허한 마음을 달래듯 담배 한 개비에 불을 붙이고 훌쩍거리는 장면이다.

아내를 보낸 지 4년째다. 아직도 살아갈 날이 훨씬 많이 남았는데 딸과 계속 이렇게 따로 살아야 하는지, 앞으로 어떻게 살아야 하는지 답답하다. 문득 사람이 혼자 산다는 게 얼마나 힘든지 깨달았다. 이래서 있을 때 잘하란 노래가 생긴 듯싶다.

자살을 삼 일 앞두고 강릉 바닷가에서 만난 은희라는 여자와 손님으로 와서 자신의 쓸쓸한 사랑 이야기를 담담하게 풀고 눈앞에서 사라져 간 성혁이라는 남자가 겹쳐져 떠올랐다. 1년이라는 시간 간격을 두고 만났던 두 사람이 각자 얘기했던 상대가 아니었을까 조심스럽게 예상해 봤다. 그렇다면 그 이후 둘은 사랑하고 있을지도 모른다고 생각했다.

　자신에게 새 희망을 준 그 여자가 그 남자의 상대라면 꼭 죽을 것만 같았다. 핸드폰 번호라도 저장해 두었으면 이럴 때 통화라도 해서 그 남자 이야기를 핑계 삼아 마음을 전했으면 어떠했을까. 그 여자가 자신에게 했던 말대로 이혼 후 혼자 살고 있다면 내게도 기회가 오고 다시 시작할 수 있다.

　바닷가에서 우연히 만난 것도 식사를 한 것도 이런저런 이야기를 나눈 것도 예정에 없었다. 당연히 인연이라면 길에서 다시 만날 수 있지 않을까. 아니다. 그녀는 그 남자든 다른 남자든 한 남자를 사랑한다고 했다. 사랑이 너무 크고 깊어서 이러지도 저러지도 못해 그날 거기에 온 여자였다. 그런 여자가 또 다른 남자를 사랑할 수 있을까. 아마도 그건 불가능할 것이다. 왜냐면, 그녀는 진정한 사랑은 오직 하나라고 몇 번을 강조해서 말했기 때문이다. 울컥했다. 딸도 가고 그녀도 없고.

머리를 좌우로, 상하로 돌리고 또 돌려도 그녀가 생각난다. 그러다가 더위에 지친 잡풀처럼 힘이 쭉 빠진다. 아무리 생각해도 그녀의 상대는 그 남자다. 상황을 다시 분석해 봤다. 은희라는 여자는 한 사람의 아내고 자식도 있다고 했다. 그 말은 얼마든지 거짓으로 꾸며서 할 수 있다. 어떤 게 정답이든 분명히 어떤 남자를 사랑한다고 했고 이루어질 수 없는 그 아픔 때문에 당시 바닷가로 마음을 달래려고 왔다고 했다.

그 근거는 껌과 말투다. 누구나 껌을 사서 씹을 수 있지만 껌이 연결고리가 된다는 게 과연 얼마나 확률이 있을까. 그녀는 껌 하나가 한 남자를 사랑하게 연결해 주었다고 했다. 그도 이름은 말하진 않았지만 껌 하나가 한 여자를 처절하게 사랑하게 되었다고 했다. 또 하나는 그녀의 성격이다. 강릉에서 엉뚱하게 자신에게 말을 걸어 왔던 것처럼 성혁에게도 말을 건넸다. 퍼즐 조각을 맞춰보니 그녀는 은희고 그는 성혁이다.

그녀를 우연이라도 마주친다면 참 좋겠다고 생각했다. 그렇지 못하더라도 사랑을 하고 싶어 졌다. 그래야만 현실을 이겨낼 수 있을 것 같다.

귀스타브 플로베르(Gustave Flaubert)는, '사랑은 봄에 피는 꽃과 같다. 그래서 메마른 폐허나 오막살이집일지라도 희망과, 훈훈한 향기를 품게 해준다. 사랑하면 어떤 어려운 상황에 처하더라도 소망과 희망을 갖고 힘차게 전진할 수 있다.'고 했다.

살아가면서 원죄로 인해 수많은 문제 앞에서 자유롭지 못할 것이다. 그러나 아무리 힘든 상황에 처하더라도 사랑하면 이겨낼 수 있다는 말이다. 어차피 그게 인생이라면 스스로 죽음을 택하지 말고 오히려 사랑을 간구해야 한다. 스스로 목숨을 끊는 건 더 큰 죄악이기 때문이다.

그녀가 마지막으로 했던 말에서 새 희망을 찾았고 그 결과가 이 카페다.

"맞아요. 결혼 생활이 파탄 났다고 죽음과 바꾸고 싶지 않아요. 전 남편에게 십여 년 이상을 제가 할 수 있는 만큼 노력했고요. 남편은 스스로 이겨 내지 못했어요. 서로 다른 길로 가는 게 서로 행복한 길로 가는 것으로 생각했어요. 사람은 마음으로 내가 갈 길을 계획하고 가는 것 같지만 그의 걸음을 인도하는 분은 따로 있거든요.

어느 날, 우연히 한 남자를 만나 그 남자를 사랑한 것도 남들의 눈에는 죄가 될지 모르지만 저는 사랑하는 건 죄가 아니라고 생각해요. 다만 죽도록 사랑하지만 그 남자는 평범한 가정의 가장이에요. 갖고 싶은 욕심이 있다고 그를 가질 수 없다는 말이에요. 사랑하는 사람이 더 나은 삶을 위해 내가 어찌해야 할까를 생각했고 그 결과로 뒤로 물러난 것뿐이에요. 그래서 물러날 수밖에 없는 이 가슴이 찢어지게 아픈 거고요. 사랑은 내가 원하는 것을 차지

하는 게 아니라 사랑하는 사람이 더 나은 삶을 살게 하는 데 일조
하는 게 사랑이에요. 이것이 논어에 기록된 애지욕기생이지요."

그녀는 이 하늘 아래 살고 있을 것이다. 그녀의 말대로, 비록 이
혼한 몸이지만 자신에게 해 준 말 대로라면 어딘가에서 당당하게
살고 있을 것이다. 죽으려고 방황하던 순간에 천사처럼 나타나 여
태껏 살게 해 준 사람이다. 3년 전 카페에 왔었던 성혁도 똑 같은
말을 했었다. 자신이 가장 힘들었을 때 그녀를 만나서 새 힘과 용
기가 생겼다고 했다. 그녀는 하늘에서 내려온 천사였다. 인간은 또
다른 인간에게 천사가 되어야 한다. 자신도 누군가에게 천사가 되
겠다고 그날 밤, 스무 살 딸의 두 손을 잡고 다짐했다.

딸은 자신의 손을 잡고, 또 비행기에 타면서 두 번이나 똑같이
말했다. "아빠, 사랑해!"

'사랑은, 하얀 바람처럼 왔다가 검은 바람이 되어 내 곁을 떠난다. 이것이 우리의 삶이다.'

시집, 『사랑하니까』 뒤표지 상단에 있는 글입니다. 시집을 내고 딱 2년 만에 시집을 소설로 해서 조심스럽게 내놓습니다.

글 쓰는 사람들은 스스로 말합니다. 밤을 새워 아무리 열심히 쓰고 그 글을 모아 책으로 엮어 세상이라는 바다에 내놓으면 그 횟수가 몇 번째든 떨리는 심장은 감출 수 없다고.

저도 예외가 아닙니다.

하늘과 땅 중간에서 오락가락할 때 썼던 두 권의 수필이 있습니다. '문턱'과 '사이'라는 중심 단어를 가진 책입니다. 깊은 사색이 없으면 결코 재밌게 읽을 수 없는 책입니다. 왜냐면 '문턱'은, 정신분석학자 프로이트의 원초아와 초자아 사이에서 어찌할 바 모르는 제 개인적 모습이기 때문입니다.

'사이'는 종이 한 장의 틈을 말합니다. 생각이나 마음 한 번 어떻게 먹느냐에 따라 내일이 달라진다는 것을 의미합니다. 어린 시절, 어떤 부모를 만났고 어떤 환경에서 성장했느냐에 따라 존경받는 사람이 될 수 있고 사람에게 해를 끼치는 사람이 될 수 있습니다. 원초아와 초자아 사이에서 내 자아가 순간 어떻게 작동을 했느냐에 따라 결과가 완전히 달라진다는 말입니다. 많은 사람이 오늘도 많은 고민과 갈등하는 장면입니다. 이 또한 제 모습이었습니다.

늦은 나이에 교육학을 전공한 대가로 나온 게 세 번째 '것'입니다.
주인이 따로 있는데도 내 것인 양 갖고 싶어서 안절부절 어쩔 줄을 모르는 나와 너의 연약한 모습을 그리고 있습니다.
인간은 처음부터 아무 것도 가질 수 없는 미물에 지나지 않습니다. 그런 하찮은 존재입니다. 주인 것을 잠깐 갖고 있다가 갈 때는 제자리에 두고 빈손으로 갑니다. 그래서 알몸으로 왔다가 흙으로 돌아간다고 티끌에 비유합니다.

안타까운 건, 티끌 중에는 자기가 잘났다고 큰소리치는 티끌도 있습니다. 권력, 명예, 재산, 학벌 등 남보다 조금 더 가졌다고 군림하려 들고 명령합니다. 그보다 작은 티끌들은 그들 눈치를 보며 아양도 떨고 뇌물도 바치고 충성도 합니다. 하늘에서 보기엔 똑같은 크기의 점인데.

이리 살아도 저리 살아도 일백 년은 극히 작은 인원만 삽니다. 인간이면 누구나 세월 앞에 장사 없습니다.

흰 머리 수가 하루 자고 일어나면 또 늘어서 며칠 전에 했던 염색을 또 해야 합니다. 위에서 보면 정수리가 훤합니다. 얼굴엔 검버섯이 목엔 주름이 깊어집니다. 배와 허리엔 살덩이 덕분에 예쁜 몸매는 포기했습니다. 튼실했던 엉덩이와 허벅지 살은 시간이 가져갔고 무릎도 약해져서 작은 부딪침에도 부러지기가 일쑤입니다.

겉은 그렇다 쳐도 속은 또 어떻습니까? 심장, 간, 허파, 대장 등의 기능이 예전만 못하고 혈관이 터지거나 굳어져서 놀랄 때가 한두 번이 아닙니다.

죽음이 두렵지 않다고 하면서도 보험에 가입합니다. 조금 안심했다가도 조금만 쑤시면 병원 가서 검사하고 몸에 좋다는 건강기능식품 찾느라 애쓰고 그렇게 아등바등 살려고 노력하는 게 우리의 현실입니다. 이 천태만상이 삶입니다.

소설에서의 '하얀 바람'은 아기 울음 즉 탄생이고 '검은 바람'은 죽음을 의미합니다. 본문에서 언급한 고갱의 그림과 비슷합니다. 이 바람의 진행 속도나 움직임이 인생입니다. 그 중간에 선택과 결정을 하며 살아야 하는데 그중에 가장 중요한 선택은 사랑입니다. 사랑이 있어야만 편하게 눈을 감게 됩니다. 다른 말로는 순리(順理)라고 합니다.

사랑은 사람이 태어날 때부터 죽을 때까지 함께 합니다. 수억 개 중에 하나의 정자와 하나의 난자가 만난 것도 이미 사랑을 받았기에 가능한 겁니다. 엄마의 배 속에서 보호와 영양을 공급받는 것도 사랑입니다. 태어날 때 옆에서 나를 지켜준 부모와 일가친척 의사와 간호사의 사랑이 있었기에 우리가 눈을 뜨지 않고도 세상을 향해 안전하고 우렁차게 소리를 낼 수 있었습니다. 유아기, 아동기, 청소년기는 말할 것도 없고 장년기와 노년기를 지내면서도 우리 주위에는 셀 수 없을 만큼 고마운 분들이 있었습니다. 그들이 없었다면, 여러분은 지금 이 책을 만나지 못했을 겁니다. 그러니 행운아요 축복받은 사람입니다.

좋아하는 문장 중에, '사랑은 사람이다. 사람은 사랑이다. 사랑은 해야 한다. 멈출 수 없는 게 사랑이다. 사람이 사는 이유다.'가 있습니다.

이 문장은 제가 갑자기 사라진다 하더라도 저의 역사가 될 것입니다. 물론 제가 한 말이라고 자신하고 있지만 지구촌 어딘가에서 누군가가 먼저 한 말이라고 주장해 온다면 기꺼이 양보할 수 있습니다.

혹여 여러분이 다른 책을 읽다가 위 문장이 나타나면, 그 책에서 제가 표절한 게 절대 아니라는 것만은 꼭 알아주셨으면 좋겠습니다.

우리 인간이 아무리 잘났다 해도, 내가 가진 것이나 이룬 것은 이미 세상 어딘가에 버젓이 있기 때문에 거부하지 않고 양보할 수 있습니다. 이 책을 접한 독자 분도 그랬으면 좋겠습니다. 남들보다 가진 게 많다고 이룬 게 많다고 나보다 못한 사람을 무시하지 말아야 합니다. 그들이 많이 갖게 된 것은 더 많은 사람들이 양보했기 때문에 갖거나 이룬 것입니다.

인간은 다 거기서 거기입니다. 잘나고 못나고 상관없이 서로 사랑해야 할 관계입니다. 저 사람이 나를 속상하게 했더라도 내 것을 좀 도둑질했더라도 나를 곡해하고 높은 자리에 올라갔다고 하더라도 용서해야 합니다. 그들을 용서하지 않으면 내 심신이 피폐해집니다. 먼저 손 내밀며 웃어주는 게 사랑입니다.

이 소설은, 한 남자가 교만 때문에 스스로 죽으려고 작정했지만 조물주의 사랑으로 한 여자를 만나 다시 살게 됩니다. 비록 사별했지만 아내의 분신인 딸이 있습니다. 참으로 감사한 일입니다. 한 여자로 인해 새로운 생명을 찾고 나보다 더 삶과 사랑에 힘들어 하는 또 다른 남자에게 그 힘을 전수합니다. 누군가에 받은 사랑이 있었기 때문에 가능한 삶의 자세입니다. 사랑도 사람도 대물림되기 때문입니다.

나로 인해 누군가가 새로운 희망을 찾았다고 생각해보세요. 조물주가, '참 잘했구나.' 칭찬할 것입니다.

이 소설의 제목『그 남자의 사랑』에서 사랑은 선대의 가르침을 통해 하늘이 주신 사랑을 알고 행하는 데 있습니다. 평범한 우리 각자도 누군가에게 받은 사랑을 또 다른 누군가에게 조건이나 대가없이 전해야 한다는 아가페 사랑을 의미합니다. 이 책을 통해 자신의 삶과 사랑을 다시 한번 점검해 봤으면 좋겠습니다.

이 책이 나오기까지, 처음부터 끝까지 함께하여 주신 주님께 가장 먼저 영광을 돌립니다. 그리고 관심과 사랑을 보내주신 모든 분께도 감사합니다.

감사합니다.